O GRANDE LIVRO DOS DINOSSAUROS
PERGUNTAS & RESPOSTAS

BEN HUBBARD

Créditos das imagens:

Chave: b-embaixo, t-topo, d-direita, e-esquerda, m-meio

Stefano Azzalin: 4 (Heterodontossauro), 7be, 14, 21bm, 23md, 24be, 34-35, 36-37, 42, 51, 55bd, 56, 57te, 58-59, 95te, 98, 100-101, 104, 105, 106, 107bd, 107te, 109tm, 118, 123t; **Martin Bustamente:** 4 (Eoraptor, Plateossauro e Braquiossauro), 5 (Titanossauro e Pterodáctilo), 7td, 18-19, 21, 27m, 28bd, 29, 32-33, 35td, 35be, 37td, 41, 45bm, 49, 50, 62me, 63be, 63td, 64, 67md, 69be, 74me, 74md, 77bd, 79, 91, 92-93, 97, 99bd, 103td, 110, 114, 116-117, 120-121, 123m; **Juan Calle:** 12-13, 15bm, 23te, 23tm, 23be, 40, 66, 67td, 74m, 84, 85md, 86, 87, 95bd, 96, 103, 123b; **Tom Connell:** 48, 60-61, 122; **Liberum Donum:** 5 (Pentaceratops e Torossauro), 10be, 15td, 17te, 39, 45tm, 57bd, 71td, 73, 83, 85bd, 124-125, 127te; **Mat Edwards:** 8-9, 10m, 13tm, 16, 18be, 20bd, 21be, 30-31, 38, 43, 46, 53, 78, 79tm, 80, 88-89; **Rudolf Farkas:** 4 (Estegossauro), 5 (Espinossauro), 6tm, 7bd, 20, 22, 24-45, 52, 65t, 70-71, 81te, 82, 94, 112-113, 115me; **Colin Howard:** 5 (Tiranossauro rex), 6 (Estegossauro), 12td, 28te, 65bd, 93bd, 93be, 119me; **Stuart Jackson-Carter:** 11te, 102; **Kunal Kundu:** 85me, 44, 91td; **Jerry Pyke:** 69td, 72, 121bd; **Shutterstock:** 5 (Deinonico), 6bd, 10me, 11me, 12be, 13bd, 19, 23td, 23bd, 26, 27be, 27td, 37be, 37bd, 41be, 47be, 47tm, 54-55, 55tm, 61te, 61bd, 67be, 68, 73td, 79be, 81bd, 108-109, 111, 113bd, 115td, 115be, 126-127, 127bd; **Parwinder Singh:** 6 (Anquilossauro), 59be, 99td, 119bd; **Val Walerczuk:** 4 (Alossauro), 8be, 11be, 16be, ..be, 75, 76, 77td, 107be, 110be, 113be, 119be, 120be; **Wikimedia Commons:** 4 (Euparkeria), 17, 47bm, 113td.

Dados Internacionais de Catalogação na Publicação (CIP)
Angélica Ilacqua CRB-8/7057

```
Hubbard, Ben
    O grande livro dos dinossauros: perguntas e respostas /
Ben Hubbard ; ilustrado por Stefano Azzalin...[et al] ;
tradução de Monica Fleischer Alves. -- Barueri, SP :
Girassol, 2019.
    128 p. : il., color.

ISBN 978-85-394-2381-1 (Pé da Letra)
     978-85-394-2433-7 (Girassol)
Título original: The big book of dinosaur: questions and
answers

1. Literatura infantojuvenil 2. Dinossauros - Literatura
infantojuvenil I. Título II. Azzalin, Stefano III. Alves,
Monica Fleischer

19-0257                                         CDD 028.5
```

Índices para catálogo sistemático:

1. Literatura infantojuvenil 028.5

Copyright © Arcturus Publishing Limited
Texto: Ben Hubbard
Projeto gráfico: Paul Oakley

Produzido no Brasil por
Girassol Brasil Edições Eireli
Av. Copacabana, 325 – 13º andar – Sala 1301
Alphaville – Barueri – SP – 06472-001
leitor@girassolbrasil.com.br
www.girassolbrasil.com.br

Diretora editorial: Karine Gonçalves Pansa
Coordenadora editorial: Carolina Cespedes
Assistente editorial: Talita Wakasugui
Tradução: Monica Fleischer Alves
Edição do texto: Ana Uchoa

Impresso no Brasil

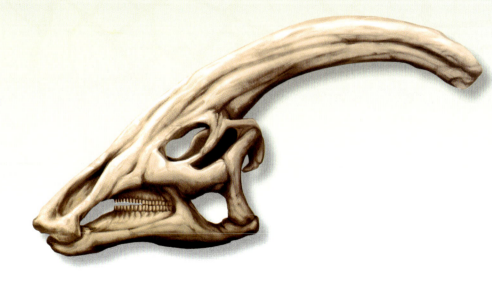

SUMÁRIO

INTRODUÇÃO — 4

MAPA DOS DINOSSAUROS — 6

1 DESCOBRINDO OS DINOSSAUROS — 8

2 PLANETA DINOSSAURO — 28

3 DINOSSAUROS GIGANTESCOS — 48

4 DINOSSAUROS ASSASSINOS — 68

5 ATAQUE DE DINOSSAUROS! — 88

6 DINOSSAUROS RECORDISTAS — 108

ÍNDICE — 128

INTRODUÇÃO

Os dinossauros foram um grupo de répteis que dominou o planeta por mais de 160 milhões de anos. A época em que eles viveram sobre a Terra é conhecida como Era Mesozoica e pode ser dividida em três períodos mais curtos: Triássico, Jurássico e Cretáceo. Esta linha do tempo explica cada período e mostra alguns dos dinossauros que viveram naquela época.

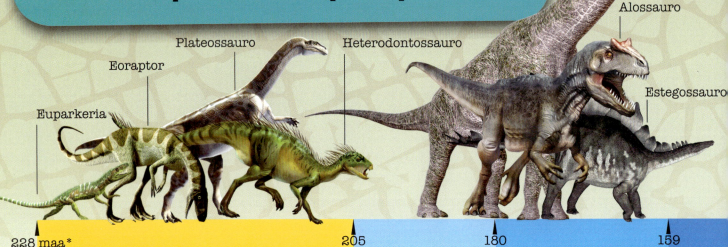

Período Triássico
(251 a 199,6 maa*)

Os primeiros dinossauros apareceram por volta de 228 milhões de anos atrás. Naquela época, a Terra era composta por um supercontinente chamado Pangeia. Há 216 milhões de anos, os primeiros dinossauros se espalharam e começaram a dominar o mundo.

Período Jurássico
(199,6 a 145,5 maa*)

No início do Período Jurássico, a Pangeia se dividiu em dois continentes. À medida que as massas de terra menores se separaram desses continentes, novas espécies de dinossauros evoluíram dentro delas. Os imensos dinossauros apareceram durante esse período.

Período Cretáceo

(145,5 a 65,5 maa*)

Foi o apogeu da era dos dinossauros. A terra se dividiu em continentes menores e as temperaturas subiram. As vidas vegetal e animal floresceram e muitas espécies de dinossauros evoluíram, algumas crescendo até tamanhos extraordinariamente grandes.

*maa: milhões de anos atrás

MAPA DOS DINOSSAUROS

A história dos dinossauros é também a história das mudanças na paisagem da Terra. Por mais de 180 milhões de anos, o supercontinente chamado Pangeia se partiu gradualmente nos continentes menores que temos nos dias de hoje. Restos de dinossauros e de outros répteis foram encontrados em todos os continentes da Terra, e novas espécies estão sendo constantemente descobertas. Este mapa mostra onde os fósseis de diferentes dinossauros foram encontrados.

CANADÁ E ALASCA
Albertossauro, Anquilossauro, Chasmossauro, Coritossauro, Estiracossauro, Ornitomimo, Tiranossauro

T-Rex

Anquilossauro

ESTADOS UNIDOS
Anquilossauro, Apatossauro, Deinonico, Estegossauro, Ornitomimo, Paquicefalossauro, Tiranossauro, Triceratope

MÉXICO
Albertossauro, Apatossauro, Lambeossauro

URUGUAI
Saltassauro

Estegossauro

ARGENTINA
Abelissauro, Argentinossauro, Carnotauro, Giganotossauro, Megaraptor, Riojassauro

Giganotossauro

1 DESCOBRINDO OS DINOSSAUROS

QUEM FORAM OS DINOSSAUROS?

Os dinossauros foram um grupo de répteis terrestres que apareceram na Terra há cerca de 230 milhões de anos. Havia centenas de espécies; alguns eram herbívoros mansos enquanto outros eram assassinos ferozes. Depois de dominar o globo por 160 milhões de anos, os dinossauros desapareceram misteriosamente há cerca de 65 milhões de anos.

Edmontossauro — Triceratope

O Tiranossauro rex, o Triceratope e o Edmontossauro viveram na América do Norte durante o Cretáceo Superior (76-65 milhões de anos atrás).

Como eram os dinossauros?

Os dinossauros tinham uma impressionante variedade de formas, tamanhos e cores. Alguns eram mais altos que um prédio de três andares e pesavam mais que 12 elefantes juntos. Outros não eram maiores que uma galinha. Houve dinos de pele escamosa e camuflada que se moviam lentamente sobre quatro patas. E também os que tinham o corpo coberto por penas brilhantes e corriam sobre duas patas.

Tiranossauro rex (T-Rex)

O que quer dizer "dinossauro"?

Quando os primeiros restos de dinossauros foram desenterrados no século 19, os cientistas não sabiam o que haviam descoberto. Eles deram o nome de "dinossauro" aos donos dos enormes ossos fossilizados, que significa "lagartos terrivelmente grandes".

Os dinossauros eram diferentes de outros répteis porque suas patas ficavam logo abaixo, e não nas laterais, de seu corpo.

COMO SABEMOS SOBRE OS DINOSSAUROS?

Aprendemos tudo o que sabemos sobre os dinossauros através dos vestígios que eles deixaram para trás. Isso inclui ossos e esqueletos fossilizados, pegadas preservadas em pedras e até o cocô fossilizado. Estudando esses vestígios, os cientistas são capazes de determinar como eram esses animais, como se movimentavam e o que comiam.

A fossilização ocorre quando um animal ou planta é preservado ao longo do tempo.

Como os dinossauros deixaram pegadas?

Muitos dinossauros deixaram suas pegadas em solos macios e lamacentos que secaram ao sol e endureceram. Com o passar do tempo, essas pegadas acabaram enterradas sob areia, lama e água e se fossilizaram. Assim, as pegadas ficaram duras como pedras. Pelas pegadas, podemos deduzir quanto pesava um dinossauro, como ele andava e se era em bando.

O que há no cocô do dinossauro?

O cocô preservado dos dinossauros é chamado de coprólito e revela o que eles comiam há milhões de anos. Os cientistas descobriram pedaços de ossos, partes de plantas e escamas de peixe no meio dos coprólitos.

O cientista que estuda os fósseis de dinossauro é chamado de paleontólogo. Ele faz um trabalho diferente do arqueólogo, que estuda a vida e as atividades humanas do passado.

O QUE É UM FÓSSIL?

Fóssil é o que restou de um animal ou planta e foi enterrado no subsolo e preservado em rocha. Os fósseis são compostos principalmente pelas partes mais duras de um animal, como seus dentes ou ossos, em vez das partes mais macias do corpo. Marcas, como pegadas, e penas também podem ser fossilizadas.

Um fóssil pode ser pequeno, como um dente ou uma garra, ou grande, como o esqueleto completo de um dinossauro.

Um fóssil comum é uma amonite: uma criatura marinha com concha da época dos dinossauros.

Como se forma um fóssil?

1. Um fóssil é formado quando os restos de uma criatura são cobertos por areia, lama ou sedimentos. Com o tempo, as partes moles do corpo apodrecem, deixando no local os ossos duros e os dentes.
2. Com o passar de milhões de anos, camadas de terra cobrem os restos. Fluidos contendo minerais penetram os espaços nos ossos e nos dentes.
3. Os minerais se cristalizam e, com os ossos, endurecem, formando um fóssil.
4. Milhões de anos depois, os paleontólogos descobrem esses fósseis em escavações.

Um vestígio fóssil é um sinal deixado por um dinossauro, como uma pegada ou uma marca da pele, em vez de parte do seu corpo.

QUEM DESCOBRIU OS DINOSSAUROS?

Os primeiros restos de dinossauro foram descobertos por acidente em uma zona rural da Inglaterra. Em 1822, Mary Ann Mantell e seu marido, Gideon Mantell, encontraram enterrados no chão o que pareciam ser dentes e ossos de um lagarto gigante. O casal continuou a escavar até que surgiu uma imagem mais completa da criatura.

Que dinossauro foi encontrado?

Depois de muita pesquisa, o dr. Mantell concluiu que os dentes e os ossos pertenciam a um réptil que se assemelhava a uma iguana gigante. Ele deu à criatura o nome de Iguanodonte, que significa "dente de iguana".

O Iguanodonte foi um herbívoro que viveu na Europa durante o Cretáceo Inferior (140-110 milhões de anos atrás).

Com o que o Iguanodonte se parecia?

Para começar, o dr. Mantell deduziu que o Iguanodonte andava sobre quatro patas, tinha um esporão no focinho e arrastava a cauda pelo chão. Sua teoria mudou depois que restos de 40 Iguanodontes foram descobertos em uma mina na Bélgica, em 1878. Os esqueletos foram reunidos para mostrar que os Iguanodontes andavam sobre duas patas, tinham um esporão no polegar, e não no focinho, e mantinham a cauda fora do chão.

Esta figura é baseada no desenho do Iguanodonte feito pelo dr. Mantell.

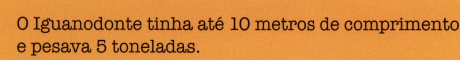

O Iguanodonte tinha até 10 metros de comprimento e pesava 5 toneladas.

OS DINOSSAUROS ERAM TODOS PARENTES?

Havia centenas de diferentes espécies de dinossauro, mas todas pertenciam a uma antiga família chamada arcossauro, ou "réptil dominante". Os crocodilos e as aves de hoje em dia também pertencem a essa família. O mesmo aconteceu com uma série de criaturas estranhas e surpreendentes que viveram com os dinos na Era Mesozoica.

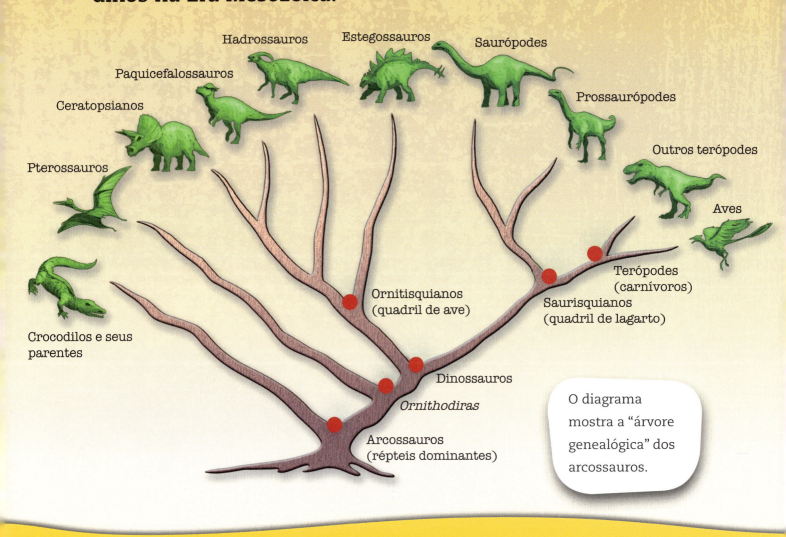

O diagrama mostra a "árvore genealógica" dos arcossauros.

O Euparkeria foi um arcossauro que viveu na África do Sul durante o Triássico (252-247 milhões de anos atrás).

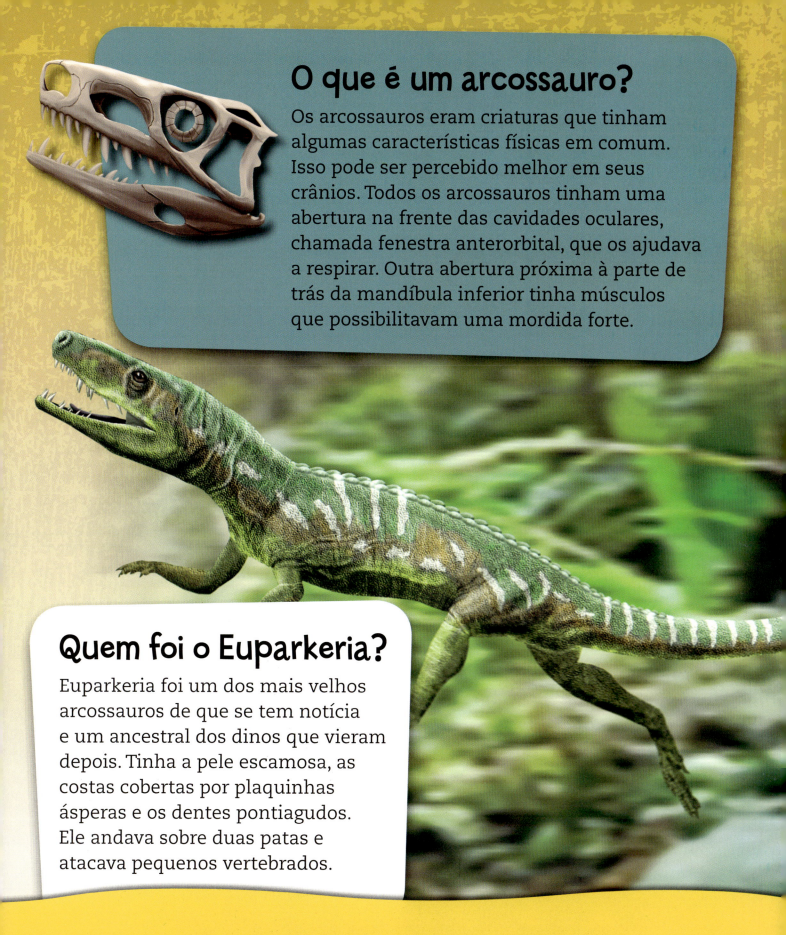

O que é um arcossauro?

Os arcossauros eram criaturas que tinham algumas características físicas em comum. Isso pode ser percebido melhor em seus crânios. Todos os arcossauros tinham uma abertura na frente das cavidades oculares, chamada fenestra anterorbital, que os ajudava a respirar. Outra abertura próxima à parte de trás da mandíbula inferior tinha músculos que possibilitavam uma mordida forte.

Quem foi o Euparkeria?

Euparkeria foi um dos mais velhos arcossauros de que se tem notícia e um ancestral dos dinos que vieram depois. Tinha a pele escamosa, as costas cobertas por plaquinhas ásperas e os dentes pontiagudos. Ele andava sobre duas patas e atacava pequenos vertebrados.

O Euparkeria tinha 70 centímetros de comprimento, 20 centímetros de altura e pesava de 7 a 14 quilos.

QUAIS FORAM OS PRIMEIROS DINOSSAUROS?

Os primeiros dinossauros eram carnívoros muito pequenos, como o Eoraptor, que apareceu na América do Sul durante o Triássico Superior. Com até 2 metros de altura, esses predadores tinham garras curvadas, ossos ocos – que lhe garantiam velocidade – e crânios que absorviam o impacto quando mordiam as presas. Eles evoluiriam para os grandes e ferozes dinossauros.

O Eoraptor comia carne?

Com mais ou menos 1 metro de comprimento, o Eoraptor é tido como um dos dinossauros mais antigos. Ele andava sobre duas patas, tinha braços pequenos e era parecido com os predadores gigantes que vieram depois. Entretanto, havia uma grande diferença. A mandíbula do Eoraptor tinha uma combinação específica de dentes que sugere que ele se alimentava tanto de carne quanto de folhas.

Eoraptor

Os dinossauros carnívoros eram "bípedes", o que significa que eles andavam sobre duas patas.

O Plateossauro andava sobre duas ou quatro patas?

O Plateossauro foi um herbívoro que viveu no Triássico Superior nas planícies europeias. Um grande número de esqueletos fossilizados, tanto de adultos quanto de filhotes, foi encontrado na atual Alemanha. O Plateossauro foi um elo entre os dinossauros carnívoros bípedes e os grandes comedores de plantas quadrúpedes. Isso porque normalmente ele andava sobre as quatro patas, mas também podia ficar sobre duas delas para comer as folhas do topo das árvores. Ele foi o primeiro dinossauro capaz de comer a vegetação alta. Antes disso, os herbívoros eram atarracados, tinham o pescoço curto e só procuravam alimento no nível do solo.

Plateossauro

O Plateossauro tinha 7 metros de comprimento e pesava cerca de 4 toneladas.

QUAIS FORAM OS PRINCIPAIS TIPOS DE DINOSSAURO?

Os dinossauros são divididos em dois grupos principais, classificados de acordo com a forma dos ossos do quadril. Um deles é o dos saurisquianos, que quer dizer "quadril de lagarto", e o outro, o dos ornitisquianos, que significa "quadril de ave".

T-Rex

Quem foram os saurisquianos?

Os saurisquianos foram dinossauros comedores de carne e de folhas que tinham os ossos do quadril como os dos atuais lagartos. Isso significa que os dois ossos inferiores do quadril apontavam em direções opostas. O T-Rex foi um dos saurisquianos mais famosos.

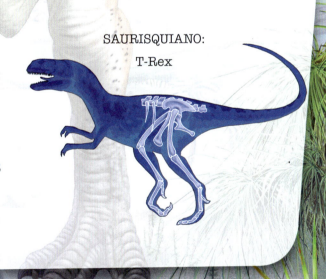

SAURISQUIANO: T-Rex

Embora ornitisquiano signifique "quadril de ave", as aves modernas evoluíram dos dinossauros saurisquianos.

Quem foram os ornitisquianos?

Os ornitisquianos foram dinossauros herbívoros que tinham os ossos do quadril parecidos com os das aves atuais. Os ossos dos ornitisquianos ficavam juntos e voltados para trás, o que lhes dava mais estabilidade quando andavam. Alguns dos dinossauros ornitisquianos foram gigantes quadrúpedes, como o imenso Braquiossauro. Outros, como o Heterodontossauro, andavam sobre duas patas, mas houve também os que andavam das duas formas, como o Iguanodonte.

ORNITISQUIANO: Heterodontossauro

Braquiossauro

Heterodontossauro significa "réptil com dentes diferentes" e, apesar de parecer carnívoro, ele realmente se alimentava de plantas.

QUANDO VIVERAM OS DINOSSAUROS?

Os dinossauros viveram, cresceram e morreram durante a Era Mesozoica, que durou 180 milhões de anos. Essa era se dividiu em três períodos menores: o Triássico, o Jurássico e o Cretáceo. Os dinossauros apareceram há cerca de 230 milhões de anos, durante o Triássico Superior. Mas, no fim do período Cretáceo, eles foram extintos.

Alossauro

Estegossauro

Durante o Triássico, a Terra girava mais rápido que hoje. Naquela época, um dia tinha apenas 23 horas de duração.

Como foi o período Triássico?

Durante o Triássico, os continentes eram ligados em uma grande massa de terra chamada Pangeia. Ela era um lugar enorme, com um deserto quente e seco no centro. Próximo às regiões costeiras, a vida animal e as primeiras florestas apareceram.

Gafanhoto

Como foi o período Jurássico?

Durante esse período, a Pangeia se dividiu em dois continentes enormes. Novos oceanos e cursos d'água se formaram e havia mais oxigênio na atmosfera. Várias formas de plantas e vida animal evoluíram nessa época.

Volaticotherium

Como foi o período Cretáceo?

Durante o Cretáceo, os continentes se separaram em blocos menores, similares aos que temos atualmente. Nesse período, a vida prosperou. Surgiram as plantas com flores e os dinossauros evoluíram para mais de 250 tipos diferentes.

Caracol

Durante o Cretáceo, o clima era ameno e os polos Norte e Sul não tinham camadas permanentes de gelo.

O QUE ANIQUILOU OS DINOSSAUROS?

Por volta de 65 milhões de anos atrás, um gigantesco e catastrófico evento matou mais de 75% de toda a vida na Terra, inclusive os dinossauros. A maioria dos cientistas concorda que essa extinção em massa foi causada por um asteroide de 24 km de largura, que se chocou contra a Terra com o dobro da velocidade de uma bala e atingiu uma área próxima ao México atual.

Como os dinossauros morreram?

O impacto do asteroide ao atingir a Terra foi equivalente a um milhão de bombas atômicas explodindo de uma vez. Primeiro, houve uma imensa onda de choque, seguida por tsunamis, incêndios e uma poeira quente que cobriu o céu. Quando esfriou, essa poeira deixou uma espessa nuvem negra que durou meses e bloqueou o Sol. Sem a luz solar, a vida vegetal e a animal desapareceram.

Algumas formas de vida animal sobreviveram à extinção em massa, como os crocodilos.

Todos os dinossauros morreram de uma só vez?

Deve ter demorado alguns meses para os dinossauros se extinguirem. Os primeiros a desaparecer foram os gigantes herbívoros, que dependiam de enormes quantidades de plantas para sobreviver. Isso deixou os carnívoros sem comida, e eles teriam morrido logo depois, seguidos pelos dinossauros menores.

Parassaurolofo

O asteroide que causou a extinção dos dinossauros deixou uma imensa cratera de 180 km de largura.

EXISTE ALGUM DINOSSAURO VIVO AINDA HOJE?

Nenhum dinossauro sobreviveu à extinção em massa. Mas algumas criaturas que descendem diretamente deles compartilham o planeta conosco. Nós as conhecemos como aves. Os descendentes de outros seres que viviam junto com os dinos ainda vivem na Terra.

As tuataras são dinossauros?

As tuataras são criaturas antigas que, em muitos aspectos, assemelham-se aos dinossauros. Embora vivessem no tempo deles, elas, na verdade, são uma espécie de lagarto. Hoje, as tuataras podem ser encontradas em ilhas do Pacífico, como a Nova Zelândia, onde são consideradas espécies ameaçadas de extinção.

Entre outras criaturas que sobreviveram à extinção praticamente inalteradas estão sapos, cobras, tartarugas, tubarões, muitos insetos e aracnídeos (como aranhas e escorpiões).

As aves são descendentes dos dinossauros?

Com o tempo, os dinossauros desenvolveram as características que foram passadas para as aves atuais. Entre elas, penas, bicos, dedos com garras e caudas ósseas. Um dinossauro muito parecido com uma ave foi o Caudipteryx. Ele era do tamanho de um peru e seu corpo era coberto de penas, mas tinha os dentes e os ossos de um dinossauro.

As libélulas sobreviveram à extinção dos dinossauros e existem na Terra há mais de 300 milhões de anos.

2 PLANETA DINOSSAURO

COMO ERA O MUNDO DOS DINOSSAUROS?

Na época dos dinossauros, o mundo vivia em constante transformação. Ao longo de milhões de anos, centenas de diferentes espécies de dinossauros apareceram e desapareceram à medida que a Terra foi se alterando. Durante esse período, todos os ambientes imagináveis sofreram mudanças: desertos, pântanos, florestas, tundras e planícies abertas.

Quais dinossauros saquearam as planícies?

No Cretáceo Superior, as planícies foram dominadas por bandos de dinossauros herbívoros. Entre eles, os ceratopsianos: dinossauros com chifres e franjas, como o Centrossauro, o Estiracossauro e o Chasmossauro. Os ceratopsianos foram caçados por predadores como o Albertossauro.

Estiracossauro

O Albertossauro tinha até 9 metros de comprimento e pesava 1.500 quilos.

Quem dominava as florestas?

No Cretáceo, as florestas foram o lar de alguns dos dinossauros mais ferozes, como o Tiranossauro rex e o Troodonte. Eles caçavam herbívoros como o Kritossauro, um dinossauro com bico de pato que se alimentava de arbustos. As florestas também foram dominadas por enormes comedores de plantas, como o Diplódoco e o Estegossauro.

Diplódoco

O Centrossauro tinha até 6 metros de comprimento e pesava 1 tonelada.

QUAIS ANIMAIS VIVERAM COM OS DINOSSAUROS?

Durante a Era Mesozoica, os dinossauros eram as criaturas terrestres dominantes. Entretanto, eles dividiam o mundo com uma grande variedade de espécies de pássaros, insetos, répteis e mamíferos. Vestígios de alguns desses animais foram encontrados preservados ao redor de lagos, como este na China.

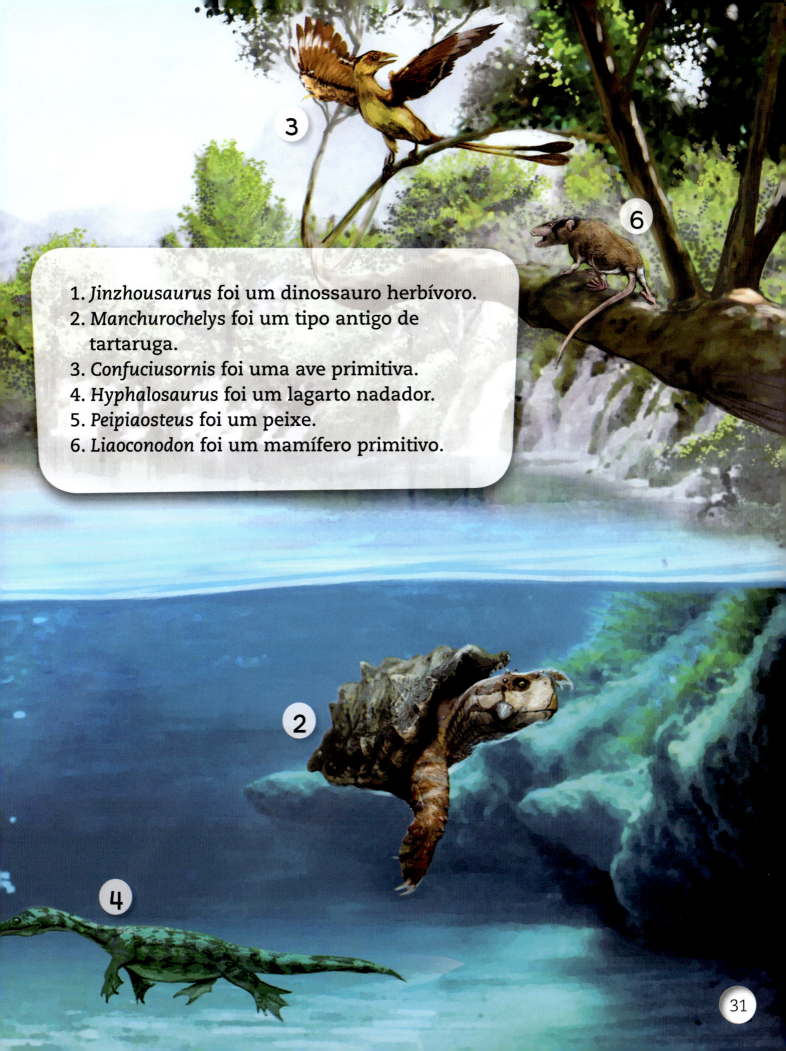

1. *Jinzhousaurus* foi um dinossauro herbívoro.
2. *Manchurochelys* foi um tipo antigo de tartaruga.
3. *Confuciusornis* foi uma ave primitiva.
4. *Hyphalosaurus* foi um lagarto nadador.
5. *Peipiaosteus* foi um peixe.
6. *Liaoconodon* foi um mamífero primitivo.

QUAIS RÉPTEIS DOMINAVAM OS CÉUS?

Enquanto os dinossauros dominavam a terra na Era Mesozoica, um grupo diferente de répteis reinava nos céus. Esses predadores voadores eram chamados de pterossauros, ou "répteis alados", e foram o terror dos céus. Entretanto, eles não estavam confinados no ar; eles também caçavam criaturas terrestres e marinhas.

O Ranforrinco tinha asas emplumadas?

Como todos os pterossauros, o Ranforrinco não tinha asas com penas para voar. Em vez disso, tinha asas encouraçadas, com pele, como as de um morcego. Incorporados às asas, havia dedos com garras, usados para pegar e segurar a presa. Ossos leves e ocos ajudavam o Ranforrinco a permanecer no ar.

Ranforrinco

Alguns dos melhores fósseis de Ranforrinco foram encontrados em uma pedreira de calcário no sul da Alemanha. Assim como o esqueleto, partes das asas foram preservadas.

O Quetzalcoatlus foi o maior voador?

Com uma envergadura de asas de 12 metros, acredita-se que o Quetzalcoatlus tenha sido um dos maiores voadores de todos os tempos. Ninguém tem certeza se ele caçava principalmente no mar ou em terra, mas estudos têm mostrado que ele podia voar por longas distâncias à procura de comida. Acredita-se que sua velocidade máxima no ar era de 128 km/h.

O Pterodáctilo foi o primeiro pterossauro a ser descoberto.

QUAIS RÉPTEIS CONTROLAVAM OS MARES?

Enquanto os dinossauros foram os répteis que viviam em terra e os pterossauros, os que reinavam no ar, um grupo diferente de répteis gigantescos dominava os mares. Esses répteis marinhos enormes tinham o corpo liso e aerodinâmico, que os ajudava a nadar com facilidade e a procurar suas presas. O *Dakosaurus* foi um predador marinho que viveu durante o Cretáceo Inferior, cujo tamanho se assemelhava ao de um crocodilo grande.

Ictiossauro

Dakosaurus

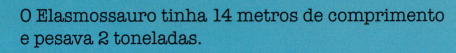

O Elasmossauro tinha 14 metros de comprimento e pesava 2 toneladas.

O Kronossauro era maior que um tubarão?

O Kronossauro foi uma das maiores e mais letais criaturas que viveram no mar, e faria um tubarão atual parecer bem menor. Pertencente ao grupo dos pliossauros, ele tinha pescoço curto, nadadeiras largas e mandíbula comprida. Ele usava sua poderosa mordida para agarrar e depois esmagar suas presas.

Por que o Elasmossauro tinha o pescoço comprido?

O Elasmossauro pertencia ao grupo de répteis marinhos dos plesiossauros, que, em geral, tinham o pescoço longo, semelhante ao dos dinossauros saurópodes, que viviam em terra. Acredita-se que o Elasmossauro usava o pescoço comprido para capturar presas de difícil alcance, jogando-as rapidamente em sua boca.

O Kronossauro podia atingir 10 metros de comprimento e cerca de 1 tonelada de peso.

TODOS OS DINOSSAUROS ERAM CARNÍVOROS?

Os dinossauros tinham três tipos diferentes de dieta. Os herbívoros comiam plantas; os carnívoros, carne; e os onívoros comiam de tudo. Terópodes, como o Tarbossauro da imagem, eram grandes carnívoros. Eles precisavam consumir uma enorme quantidade de carne todo dia. Mas nem todos os carnívoros eram gigantes assassinos. Alguns sobreviviam comendo insetos e lagartos.

O Tarbossauro chegava a ter 13 metros de comprimento e a pesar 6.350 quilos.

Todos os carnívoros tinham dentes afiados?

Nem todos os dinossauros bípedes tinham dentes afiados. O Galimimo era do tamanho de um peru e tinha bico em vez de focinho. Com esse bico, ele comia insetos aquáticos e triturava sementes.

O que significa "terópode"?

Todos os dinossauros carnívoros pertenciam ao grupo terópode, palavra que quer dizer "pé de fera". Os enormes terópodes eram máquinas de matar perfeitamente projetadas: cabeça grande, pescoço grosso e patas poderosas. Esses predadores deviam usar os pés para segurar as presas e arrancar os pedaços. Terópodes menores, como o Estrutiomimo, eram rápidos e ágeis e usavam as garras compridas para caçar.

Tarbossauro — Estrutiomimo

O Tarbossauro usava a poderosa mandíbula e os dentes trituradores de ossos para matar sua presa.

EXISTIRAM MUITOS DINOSSAUROS HERBÍVOROS?

A maioria dos dinossauros era herbívora, o que significa que eles comiam plantas. Alguns herbívoros, como o Triceratope, eram baixos e tinham chifres e bicos. Outros, como o Hadrossauro, tinham menos proteção, mas desenvolveram dentes especiais para mastigar o alimento. Os herbívoros conhecidos como saurópodes atingiram tamanhos jamais vistos na Terra.

A dieta do Diplódoco devia ter folhas de coníferas, ginkgos, samambaias e musgos.

Como eram os dentes dos herbívoros?

Os dinossauros herbívoros tinham dentes diferentes dos carnívoros. Em vez de pontudos e serrilhados, eles tinham dentes em forma de cinzel, folha e diamante para encarar todo tipo de vegetação. Os enormes saurópodes tinham dentes capazes de arrancar as folhas das árvores, mas não para triturá-las. Isso porque eles precisavam comer quase o tempo todo para alimentar seus corpos gigantescos e não sobrava tempo para mastigar!

Saurópodes gigantes tinham dentes em forma de cinzel para arrancar as folhas dos galhos.

O Anquilossauro tinha os dentes em forma de folha, que usava para cortar folhas e galhos.

O Hadrossauro tinha dentes afiados em forma de diamante para triturar as plantas.

O Triceratope tinha um bico para rasgar as plantas mais resistentes e dentes duros para cortá-las.

COMO OS DINOSSAUROS SE REPRODUZIAM?

Os dinossauros nasciam de ovos, como os répteis e as aves de hoje. Alguns, como o Oviraptor, se sentavam sobre os ovos para aquecê-los. Outros, como o Argentinossauro, colocavam milhares de ovos em colônias e os deixavam ali para eclodirem por si mesmos.

Oviraptor

Protocerátopo

Os dinossauros comiam ovos?

Os carnívoros deviam ter nos ovos e nos jovens filhotes uma refeição fácil. Mas alguns dinossauros cuidavam de seus ninhos. O Protocerátopo punha seus ovos em um círculo cavado no chão, com uma parede de terra para protegê-los, e ficava próximo ao ninho para evitar predadores.

O Oviraptor cuidava do próprio ninho. Sabemos que ele se sentava sobre os ovos e lá ficava até que eles eclodissem.

Como era um ovo de dinossauro?

Os ovos de dinossauros tinham a casca dura, como os ovos das aves atuais, e variavam de forma e tamanho. A maioria era alongada, mas o ovo do Diplódoco tinha a forma e o tamanho de uma bola de futebol. Os ovos da Maiassaura, mostrados aqui, eram ovais e um pouco maiores que uma laranja.

Maiassaura

Maiassaura significa "lagarto boa mãe". Os restos preservados de um filhote de Maiassaura foram descobertos dentro de seu ovo.

OS DINOSSAUROS VIVIAM EM BANDOS?

Para vários dinossauros herbívoros, a vida em bando era garantia de segurança. Saurópodes gigantes, como o Saltassauro, mantinham seus filhotes no centro da manada, deixando-os protegidos. Adultos grandes ficavam ao redor do bando observando os predadores.

Bando de Saltassauros

Os dinossauros migravam?

Os grandes saurópodes provavelmente migravam nos meses de verão, algo muito parecido com os rebanhos de zebras hoje. Ao examinar fósseis dos dentes de saurópodes e analisar o que eles comiam, os cientistas puderam rastrear seu deslocamento. Acredita-se que, a cada verão, eles se mudavam das planícies para as áreas montanhosas em busca de comida.

Rastros de dinossauros foram encontrados pelo mundo todo, do Canadá (no norte) até a Austrália (no sul).

Como sabemos que os dinossauros viviam em grupo?

As pegadas fossilizadas dos dinossauros saurópodes mostram que muitos andavam juntos, em bandos. As pegadas menores e mais leves dos jovens saurópodes confirmam que eles ficavam protegidos no centro do grupo. Pegadas fossilizadas de 23 saurópodes foram encontradas em San Antonio, no Texas, em 1940.

As pegadas dos saurópodes do Texas mostram que o imenso Sauroposeidon corria em torno de 7,2 km/h.

COMO OS DINOSSAUROS SE COMUNICAVAM?

Os dinossauros herbívoros se alertavam do perigo corando partes de seus corpos com sangue, batendo as penas ou emitindo sons altos. Alguns desenvolveram formas especiais de se fazer ouvir. O Parassaurolofo, por exemplo, usava a crista existente no topo da cabeça para produzir sons como os de uma buzina.

Uma teoria recente sugere que os sons de alerta do Parassaurolofo eram similares às buzinas dos barcos.

Crânio do Parassaurolofo

1. Crista
2. Olho
3. Narina
4. Passagem nasal oca
5. Cérebro
6. Boca
7. Orelhas

Como o Parassaurolofo "buzinava"?

O Parassaurolofo era um hadrossauro com uma longa crista no topo da cabeça. Dentro dessa crista havia um tubo oco conectado ao focinho e à boca. O Parassaurolofo podia soprar através dessa "trombeta" natural para alertar os outros do perigo e também usava o som para atrair parceiras. Outros hadrossauros, como o casal de Saurolofos abaixo, podem ter usado suas cristas de maneira semelhante.

O Parassaurolofo precisava de um bom dispositivo de alerta, pois não tinha garras, placas ou dentes afiados para se proteger.

COMO ERA A PELE DE UM DINOSSAURO?

Os dinossauros podem ter tido uma ampla variedade de cores, de tons verdes e marrons opacos a vermelhos, amarelos e azuis brilhantes. Entretanto, durante anos, ninguém sabia ao certo como era a pele deles. Então, em 2002, cientistas descobriram a pigmentação da pele de um *Sinosauropteryx* com um microscópio. Ele era marrom-avermelhado, coberto de penas e tinha a cauda listrada.

Sinosauropteryx

Acredita-se que as cores dos enormes saurópodes eram opacas, em tons de verde e marrom.

A pele dos dinossauros era grossa?

A pele dos dinos era dura e escamosa, como a dos répteis atuais. Ela tinha que ser forte o suficiente para não rasgar facilmente, mas flexível para dar liberdade aos movimentos. Também tinha que ser à prova d'água para protegê-los. Além de evitar que o animal secasse ao sol, a pele impermeável impedia a entrada de líquidos.

Restou alguma pele de dinossauro?

Os dinossauros deixaram para trás sua pele sob a forma de marcas fossilizadas, que mostram sua textura, mas não a tonalidade.

Os dinossauros carnívoros devem ter sido listrados ou manchados, como os leopardos ou tigres, o que ajudava a camuflá-los quando estavam caçando.

3 DINOSSAUROS GIGANTESCOS

QUAIS FORAM OS MAIORES DINOSSAUROS?

Os maiores dinossauros foram os saurópodes herbívoros, que tinham o corpo volumoso, a cabeça minúscula, patas altas e caudas e pescoços incrivelmente longos.

A forma de um saurópode é muito parecida com a de um guindaste em um canteiro de obras. Era seu corpo volumoso que o impedia de tombar.

Em que época viveram os saurópodes?

Os saurópodes apareceram há mais ou menos 200 milhões de anos, durante o Jurássico Inferior. Entretanto, os mais famosos, como o Diplódoco, só surgiram há cerca de 150 milhões de anos. Durante o período Cretáceo, os saurópodes entraram em declínio e, na época da extinção dos dinossauros, sobraram apenas espécies menores, como o Nemegtossauro e o *Rapetosaurus*. É claro que eles eram pequenos apenas para os padrões dos saurópodes: um *Rapetosaurus* podia chegar aos 15 metros de comprimento, ou seja, mais comprido que um ônibus.

 Embora tenham sido os maiores dinossauros, os saurópodes tinham o cérebro muito pequeno.

O BRAQUIOSSAURO FOI O MAIOR DINOSSAURO?

Em 1903, quando os ossos do Braquiossauro foram descobertos, os cientistas acreditaram que se tratava da maior criatura que andou sobre o planeta. O Braquiossauro era mais longo que três ônibus e mais pesado que nove elefantes. Mas, apesar desse tamanho todo, o Braquiossauro foi superado por um dinossauro maior, descoberto em 1993: o Argentinossauro.

O Argentinossauro foi o maior de todos os saurópodes. Ele era quase tão comprido quanto quatro ônibus e pesava mais que 12 elefantes.

O Argentinossauro viveu na América do Sul durante o Cretáceo Superior.

Por que o Braquiossauro tinha um galo na cabeça?

O crânio do Braquiossauro tinha um formato diferente no topo, onde ficavam seus olhos e narinas. Acredita-se que a protuberância ali formada abrigava uma câmara de som especial com a qual o gigante chamava seu bando.

Qual era a altura da pata do Braquiossauro?

Para um saurópode, o Braquiossauro era incomum porque suas patas dianteiras eram mais longas que as traseiras. As patas da frente eram mais altas que um homem adulto e mantinham sua cabeça erguida. Dessa forma, ele alcançava as folhas mais altas no topo das maiores árvores. O pescoço do Braquiossauro era mais alto que três homens de pé, um em cima do outro.

O Braquiossauro viveu na América do Norte e na África no Jurássico Superior (155-140 milhões de anos atrás).

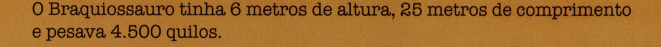

O Braquiossauro tinha 6 metros de altura, 25 metros de comprimento e pesava 4.500 quilos.

O DIPLÓDOCO FICAVA DE PÉ SOBRE AS PATAS TRASEIRAS?

O Diplódoco era um dos dinossauros mais compridos. A cauda enorme devia servir para equilibrar o pescoço, também muito longo. É possível que ele ficasse ainda mais alto por se sustentar em pé sobre as patas traseiras para alcançar os galhos mais altos. Sua cauda devia ficar apoiada no chão para impedir que ele caísse.

Apesar do pescoço comprido, a cabeça do Diplódoco era muito pequena e o cérebro, minúsculo.

Como o Diplódoco comia?

O Diplódoco tinha dentes em forma de lápis (veja à direita), dispostos como um ancinho na frente das mandíbulas. Não havia dentes traseiros para mastigar, por isso ele passava o tempo arrancando folhas e engolindo-as. Embora conseguisse alcançar o topo das árvores, acredita-se que o Diplódoco mantinha a cabeça na horizontal a maior parte do tempo, movimentando-a para a frente e para trás como um aspirador de pó sobre as árvores.

Por que os herbívoros tinham o pescoço comprido?

Os gigantescos dinossauros saurópodes tinham pescoços compridos para chegar aos galhos mais altos que outros herbívoros não conseguiam alcançar. Por serem tão grandes, os saurópodes tinham que comer diariamente uma quantidade imensa de folhas para sobreviver. Por conseguir alcançar as folhas mais altas, eles não competiam pela comida com herbívoros menores.

O Diplódoco tinha 29 metros de comprimento, 4 metros de altura e pesava 14.500 quilos.

COMO OS GIGANTESCOS HERBÍVOROS FICARAM TÃO GRANDES?

Os saurópodes cresceram muito por se tornarem verdadeiras máquinas de comer. E fizeram isso ao desenvolver seus corpos para consumir o maior número de calorias o mais rápido possível. Isso só aconteceu graças ao florescimento de novas plantas e florestas durante o período Jurássico.

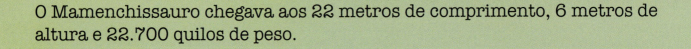

O Mamenchissauro chegava aos 22 metros de comprimento, 6 metros de altura e 22.700 quilos de peso.

Quanto comiam os saurópodes?

Um saurópode como o Diplódoco tinha que comer cerca de 520 quilos de plantas por dia apenas para sobreviver. O maior deles, o Argentinossauro, provavelmente comia muito mais. Quando era um filhote de 5 quilos, o Argentinossauro ganhava até 40 quilos de peso todos os dias. Demorava cerca de 40 anos para que ele atingisse seu peso máximo: 75 toneladas.

Como os saurópodes digeriam a comida?

Por comerem demais, os saurópodes não tinham tempo para mastigar o alimento. Pelo contrário, eles o engoliam inteiro e deixavam seu estômago fazer o resto. Para ajudá-los nessa tarefa, os saurópodes ingeriam pedras chamadas gastrólitos, que ajudavam a triturar a comida. Quando um desses gastrólitos ficava muito liso, o dino o expelia e engolia um novo.

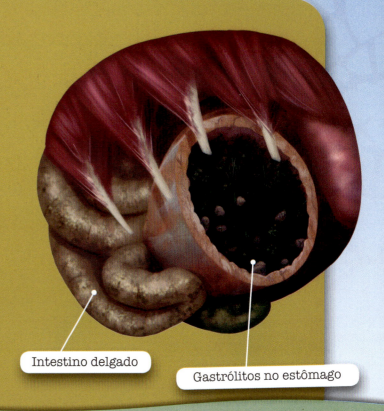

Intestino delgado

Gastrólitos no estômago

Pilhas de gastrólitos lisos foram encontradas entre os fósseis dos dinossauros na Formação Morrison, uma grande série de camadas rochosas na América do Norte.

OS ENORMES HERBÍVOROS TINHAM INIMIGOS?

Para cada grande herbívoro que andou na Terra, houve também um grande carnívoro para ser seu rival. Nas planícies da América do Sul, o Argentinossauro se tornou o maior dinossauro que o mundo conheceu. No entanto, ao mesmo tempo, cresceu junto com ele o Giganotossauro, um carnívoro enorme.

Giganotossauro

É improvável que um Giganotossauro tenha tentado derrubar um Argentinossauro sozinho, mas é possível que, para conseguir isso, ele tenha caçado em bando.

Qual o tamanho do Giganotossauro?

O Giganotossauro foi o maior dinossauro carnívoro da América do Sul no período Cretáceo, e um terror para qualquer herbívoro que cruzasse seu caminho. O Giganotossauro pesava mais que dois elefantes, era tão comprido quanto dois ônibus e tinha mandíbulas cheias de longos dentes serrilhados, ideais para cortar ossos e carnes.

O T-Rex era parente do Giganotossauro?

O Giganotossauro vagou pela Terra 30 milhões de anos antes que o T-Rex existisse e, por isso, os dois não eram parentes diretamente. Entretanto, o Giganotossauro teve como parente outro grande predador chamado Carcharodontossauro, mas que viveu na África e não teve chance de lutar contra o Giganotossauro por domínio.

Crânio do Giganotossauro

O Giganotossauro chegava aos 14 metros de comprimento, 2,75 metros de altura e pesava 8 toneladas.

QUEM FOI O MAIOR DINOSSAURO COM ARMADURA?

O Anquilossauro foi um tanque de guerra no mundo dos dinossauros. Maior membro de sua família, o Anquilossauro era equipado com armas mortais, coberto por placas impenetráveis e pesava o mesmo que um pequeno ônibus. Esse herbívoro precisava desse nível de proteção, pois viveu durante o tempo dos aterrorizantes tiranossauros.

O Anquilossauro era veloz?

Embora fosse bom em se defender, o Anquilossauro tinha um cérebro pequeno, não adaptado para movimentos rápidos. O que significa que ele caminhava lentamente, sendo improvável ele ganhar velocidade. No entanto, a parte do cérebro do Anquilossauro que controlava o olfato era bem desenvolvida, o que o possibilitava detectar o cheiro de um predador com facilidade.

O Anquilossauro tinha 7 metros de comprimento, 2,75 metros de altura e pesava 7 toneladas.

Do que era feita a clava da cauda do Anquilossauro?

A clava maciça e redonda na ponta da cauda do Anquilossauro foi uma das armas mais eficazes do período Cretáceo. Pesando tanto quanto o crânio do dinossauro, a clava era feita de uma mistura de ossos, tendões e placas, fundidos em uma massa compacta. Um golpe dessa cauda seria suficiente para ferir gravemente ou matar qualquer carnívoro que o atacasse.

Os depósitos ósseos que formavam a clava eram chamados de osteodermos.

Alguns Anquilossauros foram muito corpulentos e chegaram a ter 2 metros de largura.

QUAL ERA O TAMANHO DOS CHIFRES DO TRICERATOPE?

O Triceratope, ou "cabeça com três chifres", recebeu esse nome por causa dos dois chifres longos acima dos olhos e do pequeno chifre em cima do focinho, que tinha só uns 30 centímetros de comprimento, enquanto os chifres afiados da testa chegavam a ter 1 metro cada um. Isso era a garantia de proteção contra predadores como o T-Rex.

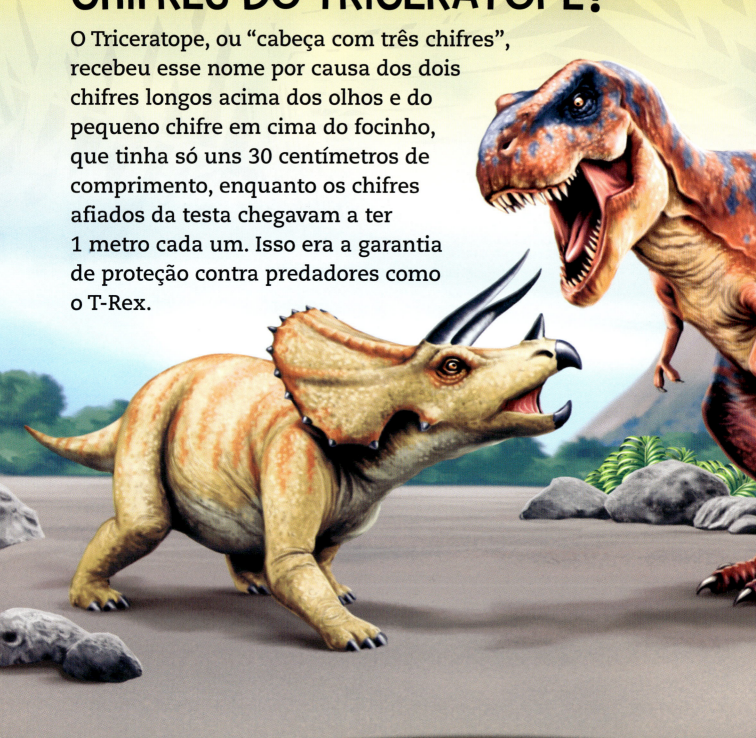

O Triceratope podia atingir 9 metros de comprimento, 3 metros de altura e pesar 5.500 quilos.

Por que alguns dinossauros tinham franjas?

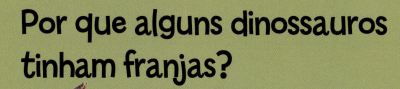

Houve várias razões para alguns dinossauros terem franjas ao redor do pescoço. Elas eram usadas para chamar a atenção, atrair parceiros, assustar predadores e, possivelmente, absorver o calor do sol. A franja óssea – e grande – do Triceratope protegia seu pescoço das mordidas de outros dinossauros.

O Triceratope vivia em bandos?

Especialistas acreditam que o Triceratope vivia sozinho ou em pequenos grupos familiares. Entretanto, vários herbívoros andavam em bandos para se proteger dos grandes carnívoros. Em grupo, os dinossauros podiam se alertar sobre o perigo e se unir contra predadores.

O Triceratope viveu na América do Norte por volta de 67-65 milhões de anos atrás, durante o Cretáceo Superior.

O T-REX FOI O MAIOR DOS TIRANOSSAUROS?

O mais famoso, temido e feroz dinossauro de todos os tempos, o Tiranossauro rex foi o grande peso pesado do período Cretáceo. E sua terrível reputação tinha fundamento: ele foi o maior e mais poderoso de todos os tiranossauros predadores e um dos matadores mais espetaculares que já andou pelo planeta.

Os dentes do T-Rex estavam entre os maiores dentes de qualquer criatura terrestre e lhe permitiam mastigar até ossos.

O T-Rex tinha um cérebro grande?

O T-Rex tinha um dos maiores e mais desenvolvidos cérebros entre os dinos predadores. A parte do cérebro responsável pelo olfato era particularmente sensível. Ele também tinha os olhos voltados para a frente, o que lhe dava visão binocular e maior capacidade de sentir a profundidade. Combinados, esses sentidos davam ao grandalhão uma enorme vantagem sobre suas presas.

Cérebro longo e fino

Por que o T-Rex era tão assustador?

O tamanho e a força do T-Rex fazem com que ele pareça muito assustador para nós. Seu crânio era quase tão longo quanto um homem adulto, e ele tinha dentes afiados e serrilhados do tamanho de bananas. As poderosas mandíbulas do T-Rex mordiam três vezes mais forte que as de um leão. Além disso, ele era mais comprido que um ônibus, mais alto que dois homens e mais pesado que um elefante.

Recentemente, sugeriu-se que o T-Rex tinha uma camada de penas ao redor da cabeça, embora ninguém possa ter certeza.

> O T-Rex enfrentou oponentes maiores que seu próprio tamanho.

POR QUE O T-REX TINHA OS BRAÇOS TÃO PEQUENOS?

Com frequência se pergunta por que um predador poderoso como o T-Rex tinha braços pequenos e finos. A resposta é simples: ele não precisava de braços fortes. Em vez disso, usava as mandíbulas enormes e os dentes para derrubar as presas, segurando-as com as garras dos pés enquanto as devorava.

O T-Rex tinha 12 metros de comprimento, 4,3 metros de altura e pesava 7 toneladas.

Para que o T-Rex usava os braços?

Os braços do T-Rex podiam ser pequenos se comparados ao resto do corpo, mas não eram inúteis. Eles eram pouco maiores que uma criança de 5 anos e teriam ajudado durante o acasalamento. Embora os braços fossem muito curtos para alcançar a boca, suas garras afiadas permitiam que ele segurasse a presa antes de mordê-la.

Como era o som emitido pelo T-Rex?

O terrível rugido que o T-Rex faz nos filmes não é considerado correto. Com base no tamanho do pescoço e nos ossos do crânio, o T-Rex provavelmente emitia um ronco ou um coaxo similar ao som feito por um crocodilo ou um sapo-boi.

Os braços do T-Rex eram muito curtos para levantá-lo caso ele caísse. Mas, como as aves atuais, ele não precisava dos braços. Ele levantava puxando as patas por baixo do corpo e depois empurrando para cima.

OS DINOSSAUROS CONSEGUIAM CORRER?

Como podiam andar, é provável que a maioria dos dinos também corresse. Especialistas estudam pegadas fossilizadas e ossos das patas desses animais para ajudar a calcular a velocidade de cada criatura, mas isso não é uma ciência exata. Uma coisa é certa: os imensos saurópodes devem ter sido mais lentos que os pequenos predadores.

Os paleontólogos medem a distância entre as pegadas fossilizadas e o tamanho das marcas para calcular uma velocidade aproximada. Mas eles precisam encontrar uma boa série dessas marcas para fazer isso!

Quão rápido os carnívoros podiam correr?

O T-Rex seria capaz de dar corridas curtas a uma velocidade máxima de 29 km/h. Os carnívoros menores eram mais rápidos. O Velociraptor e o Dilofossauro deviam atingir velocidades de 39 km/h. Mas nem todos os predadores eram rápidos. A tíbia e o fêmur, ossos das patas do Giganotossauro, eram do mesmo tamanho, o que indica que provavelmente ele não corria bem.

Dilofossauro

Velociraptor

A que velocidade o Braquiossauro podia correr?

Saurópodes como o Braquiossauro eram tão grandes que, para suportar seu peso, tinham que manter três pés no chão enquanto se movimentavam. Isso afetou severamente sua capacidade de correr. É improvável que o Braquiossauro tenha conseguido andar a mais de 8 km/h.

Dinossauros semelhantes a avestruzes, como o Ornitomimo, devem ter sido os dinossauros mais velozes.

4 DINOSSAUROS ASSASSINOS

QUAIS FORAM OS MAIORES DINOSSAUROS ASSASSINOS?

Enormes dinos predadores foram o terror da Era Mesozoica. Esses temíveis assassinos perseguiam e caçavam presas vivas, arrancavam a carne de animais mortos e até comiam uns aos outros. Entre os mais famosos e ferozes predadores, além do T-Rex, estão o Alossauro e o Tarbossauro.

Tarbossauro

O Tarbossauro podia chegar aos 10 metros de comprimento, 4,3 metros de altura e 6.350 quilos.

Quem foi o Tarbossauro?

Parente próximo do T-Rex, o Tarbossauro (imagem à direita) foi um terrível carnívoro que espreitava as planícies da Mongólia durante o Cretáceo Superior. Seu crânio, entretanto, era maior que o do T-Rex e continha mais de 60 dentes, cada um maior que um dedo humano. O Tarbossauro usava esses dentes trituradores de ossos para rasgar a carne de grandes hadrossauros, como o Saurolofo.

Todos os dinos assassinos eram grandes?

Nem todos os dinossauros predadores foram imensos: alguns eram do tamanho de um gato. Outros, como o Saurornithoides, eram um pouco mais altos que um homem, corriam sobre os dois pés e eram armados de garras e dentes afiados e serrilhados. Mesmo que tendessem a se alimentar de pequenos mamíferos, eles ainda eram caçadores perigosos.

Saurornithoides

O Saurornithoides podia chegar aos 3 metros de comprimento e de altura e pesar 30 quilos.

QUAIS ERAM AS ARMAS DE UM DINOSSAURO ASSASSINO?

Cada dinossauro carnívoro tinha uma gama variada de armas em seu arsenal para caçar e matar suas presas. Essas armas incluíam dentes, garras e mandíbulas, mas tamanho, velocidade e força também ajudavam. Mais importante, os predadores precisavam de cérebros maiores que os de suas presas para enganá-las.

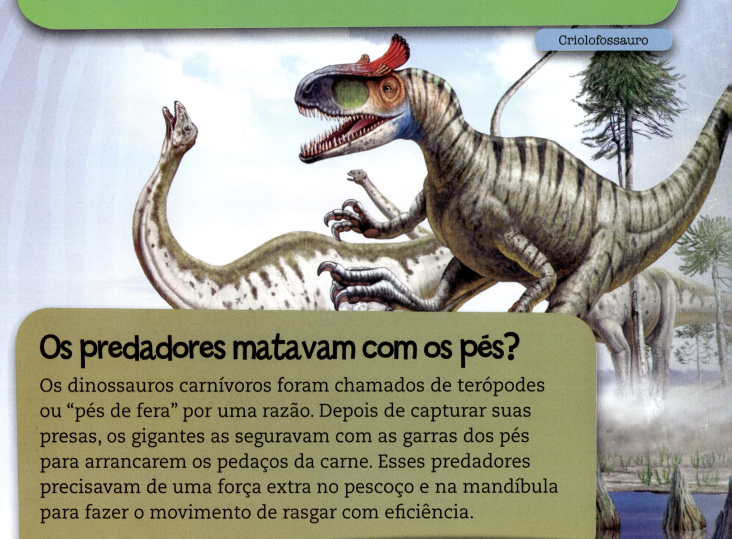

Criolofossauro

Os predadores matavam com os pés?

Os dinossauros carnívoros foram chamados de terópodes ou "pés de fera" por uma razão. Depois de capturar suas presas, os gigantes as seguravam com as garras dos pés para arrancarem os pedaços da carne. Esses predadores precisavam de uma força extra no pescoço e na mandíbula para fazer o movimento de rasgar com eficiência.

O Megaraptor tinha 8 metros de comprimento e pesava 1.815 quilos.

70

Qual dos assassinos tinha garras mortais?

Um predador incomum, chamado Megaraptor, tinha uma das garras mais mortais já descobertas em um dinossauro. Ele era um monstro de 8 metros de comprimento e tinha na mão uma garra em forma de foice que media 35 centímetros de comprimento. Maior que um garfo! Era com essa garra que ele abria e retalhava a presa.

Carnotauro

O Megaraptor viveu na América do Sul durante o Cretáceo Superior.

O DEINONICO FOI O MELHOR RAPTOR?

O Deinonico foi um dos membros mais inteligentes dos abomináveis "raptores": um grupo de predadores de médio porte que atacava suas presas com garras mortais. Ao contrário dos outros carnívoros, o Deinonico tinha o cérebro grande, um corpo adaptado à velocidade e armas precisas para matar rápida e eficientemente.

Em 1964, quando foi descoberto, o Deinonico mostrou ao mundo que os dinossauros podiam ser pequenos, inteligentes e velozes.

Como o Deinonico matava com as garras?

O Deinonico tinha garras nas mãos e nos pés, mas cada pé tinha também uma "garra mortal" extralonga. As palmas das mãos do Deinonico eram voltadas para dentro, o que deve tê-lo ajudado a agarrar suas presas. Com as garras acionadas, ele lançava um golpe letal sobre a vítima com uma das garras dos seus dedos do pé.

Quem o Deinonico caçava?

A presa mais comum do Deinonico era o herbívoro Tenontossauro. Sabemos disso porque um depósito de fósseis encontrado na América do Norte revelou esqueletos de vários Deinonicos ao redor de um Tenontossauro. Esse fóssil também provou que o raptor caçava em bandos.

O Deinonico foi o modelo para os raptores do filme *Jurassic Park*.

TODOS OS "RAPTORES" ERAM REALMENTE RAPTORES?

Alguns, mas nem todos, dinossauros com a palavra "raptor" inserida no nome pertenceram à família dromessaurídea dos dinossauros emplumados. Os nomes podem enganar, na verdade. Alguns dromeossauros não tinham o "raptor" no nome, como o Deinonico, o *Hesperonychus* e o Saurornitholestes. Outros, como o Oviraptor e o Eoraptor, nem eram dromeossauros (raptores).

O minúsculo Microraptor tinha quatro asas em vez de duas.

A crista sobre o focinho do Oviraptor provavelmente era usada para atrair um parceiro.

Utahraptor

Entre os verdadeiros dromeossauros estavam o Microraptor, o Bambiraptor, o Dakotaraptor, o Utahraptor e o famoso Velociraptor.

Qual o tamanho do Utahraptor?

O Utahraptor, um dromeossauro com garras cortantes, era parente próximo do Deinonico. Embora fossem similares, o Utahraptor teria ofuscado o Deinonico. O Utahraptor foi o maior raptor de todos os tempos, e tudo nesse monstro era em escala maior: o cérebro, o corpo, as garras e os dentes.

O Utahraptor caçou ao lado do Deinonico?

O Utahraptor caçava em bandos que aterrorizavam as mesmas planícies norte-americanas que o Deinonico. Entretanto, os dois nunca se encontraram: o Utahraptor morreu milhões de anos antes de o Deinonico aparecer.

O Utahraptor era do tamanho de um urso-polar atual, com visão e olfato excelentes.

O ALOSSAURO EMBOSCAVA SUAS PRESAS?

Centenas de fósseis de Alossauros foram descobertos recentemente, por isso sabemos muito sobre esse assassino do Jurássico Superior. O Alossauro foi o maior predador de seu tempo e certamente capaz de caçar presas grandes. No entanto, para obter uma vantagem, ele devia ficar à espera para, em seguida, lançar-se sobre as criaturas que passavam.

O Alossauro tinha 12 metros de comprimento e pesava até 2 toneladas.

Como o Alossauro se alimentava?

O Alossauro tinha um crânio proporcionalmente maior em relação ao corpo que muitos dos outros grandes carnívoros. É surpreendente saber que sua mordida era relativamente fraca. Os leões, jacarés e leopardos atuais têm mandíbulas mais poderosas que as de um Alossauro. Por essa razão, ele abria bastante a mandíbula e batia a cabeça como uma machadinha, forçando os dentes na presa, o que devia causar uma maciça perda de sangue e uma morte razoavelmente rápida.

O Alossauro caçava presas grandes?

Marcas de mordida de Alossauro encontradas em restos fossilizados de Estegossauros e de alguns saurópodes indicam que ele derrubava presas grandes. Para fazer isso, deve ter caçado em bandos, assim como seus primos Sinraptor e Yangchuanossauro.

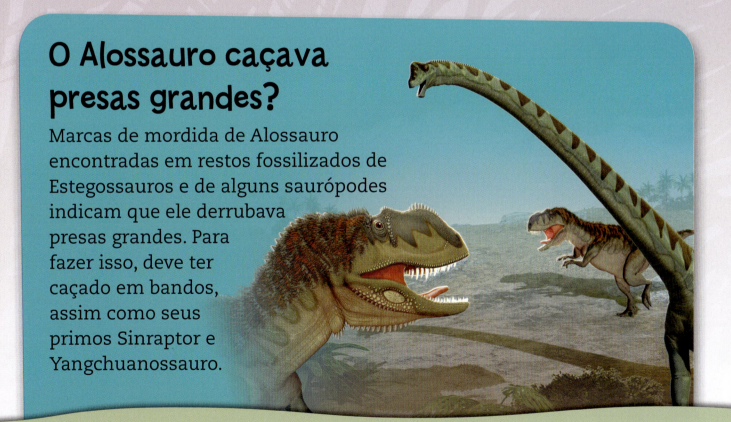

O Yangchuanossauro tinha 10 metros e pesava até 3.350 quilos.

O VELOCIRAPTOR CAÇAVA EM BANDOS?

O Velociraptor, ou "ladrão veloz", foi um raptor rápido e feroz que ficou famoso por suas muitas participações em filmes de dinossauros. No entanto, ao contrário de seus sósias do tamanho de um carro, o Velociraptor era, na verdade, do tamanho de um cachorro e coberto de penas. Os filmes acertaram em uma coisa: o Velociraptor caçava em grupo.

O Velociraptor chegava aos 2 metros de comprimento e pesava 15 quilos.

Por que o Velociraptor tinha penas?

Às vezes, os dinossauros tinham penas para atrair ou assustar outros dinos, mas acredita-se que o Velociraptor as usava como isolante. As penas o mantinham aquecido para que ele conservasse ativas suas habilidades de caça.

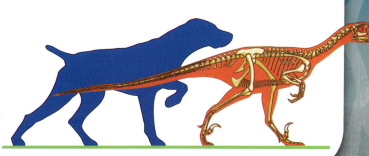

O Velociraptor tinha uma mordida forte?

Como todos os dromeossauros, o Velociraptor tinha garras nas mãos e nos pés, e uma ainda maior e mortal no dedão do pé. Entretanto, ao contrário de seus primos raptores, o Velociraptor também tinha na boca 80 dentes afiados e curvos, que davam a ele uma incrível vantagem sobre suas presas, especialmente quando ele caçava em bando.

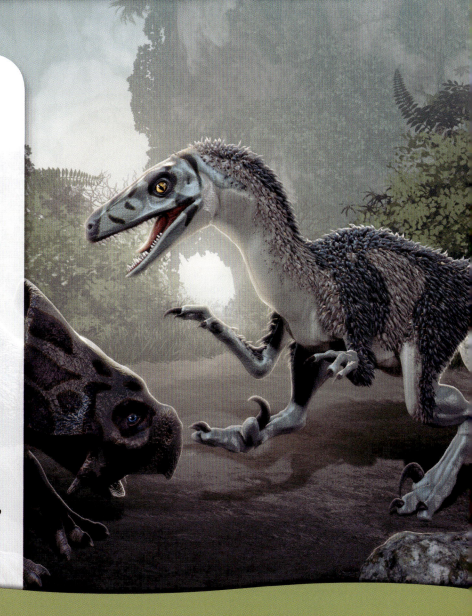

 Todos os vestígios de Velociraptores foram encontrados na Ásia (na Mongólia e na China).

OS DASPLETOSSAUROS LUTAVAM ENTRE SI?

Quando restos de um Daspletossauro foram descobertos, ficou óbvio que ele foi um ancestral do T-Rex. Eles se assemelhavam em quase tudo, embora o Daspletossauro fosse menor e mais pesado, com dentes mais compridos. Os ossos também tinham marcas de mordidas feitas por outro Daspletossauro. Esse monstro lutou contra a própria espécie.

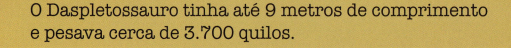

O Daspletossauro tinha até 9 metros de comprimento e pesava cerca de 3.700 quilos.

Como o Daspletossauro caçava?

Como um leão em uma alcateia, o Daspletossauro era um caçador de bando que cooperava com seus semelhantes para derrubar uma presa. Entretanto, ele também era oportunista, sendo improvável que essas mortes em grupo fossem bem organizadas. Ao contrário, vários Daspletossauros teriam aproveitado a chance de se unir e atacar um herbívoro solitário.

Por que os Daspletossauros lutavam entre si?

Quando matavam alguma presa, era cada um por si, com o mais forte levando a melhor. Isso explica as marcas de dentes de Daspletossauro encontradas em ossos de outros Daspletossauros; eles devem ter disputado os pedaços de carne.

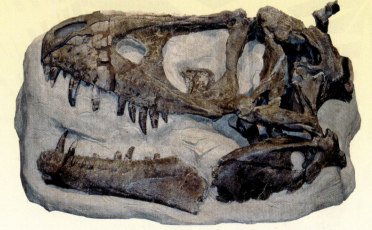

O Daspletossauro viveu nas florestas da América do Norte durante o Cretáceo Superior e coexistiu com outro grande tiranossauro, o Gorgossauro.

ALGUM CARNÍVORO TAMBÉM COMIA PLANTAS?

O Ornitomimo foi um terópode diferente de qualquer outro dinossauro predador. Os terópodes, em sua maioria, eram tanto caçadores que comiam mamíferos e outros pequenos dinos como grandes monstros que comiam os grandes herbívoros. Mas o Ornitomimo não fazia parte de nenhum desses grupos: ele era um carnívoro que também comia plantas.

O Ornitomimo tinha até 4 metros de comprimento e pesava cerca de 150 quilos.

Como se descobriu que o Ornitomimo comia plantas?

Sabemos que o Ornitomimo comia tanto plantas quanto carne porque ele tinha um grande bico em vez de uma boca. Esse bico em forma de tesoura teria sido usado para capturar insetos e pequenos répteis, e também para arrancar e cortar folhas e outros materiais vegetais.

O bico do Ornitomimo não tinha dentes.

O Ornitomimo era uma ave?

Ornitomimo significa "imitação de ave", e suas penas e seu tamanho o deixavam parecido com um avestruz atual. Mas o Ornitomimo não era uma ave: ele era um terópode que pertencia ao grupo dos dinossauros *ornithomimidae*. Todos esses dinos tinham penas, braços finos e garras, patas longas e podiam alcançar grandes velocidades.

Acredita-se que o Ornitomimo podia atingir velocidades de até 64 km/h, fazendo dele o dinossauro mais rápido ao lado do Compsognato.

OS DINOSSAUROS COMIAM PEIXE?

Em 1983, um caçador de fósseis amador fez uma descoberta surpreendente em Surrey, na Inglaterra. Ele desenterrou um fóssil enorme que tinha uma garra com 25 centímetros. E não foi só isso: abaixo da garra havia o esqueleto de um dino desconhecido que comia peixe e carne. Ele recebeu o nome de Barionix.

O Barionix chegava aos 10 metros de comprimento, 2,5 metros de altura e pesava cerca de 5.400 quilos.

Como se sabe que o Barionix comia carne e peixes?

Os fósseis revelaram escamas de peixes e restos de um Iguanodonte no estômago do Barionix. Como o maior dinossauro carnívoro descoberto na Europa, parece que o Barionix podia escolher o que comer, mesclando em sua dieta presas terrestres e aquáticas.

Como o Barionix pegava peixes?

O Barionix provavelmente ficava na beira da água ou em rios rasos espreitando os peixes para capturá-los. Suas longas garras curvadas eram perfeitas para agarrar peixes escorregadios. Ele também enfiava o focinho na água para pegar qualquer peixe que passasse por suas mandíbulas de crocodilo.

O Barionix pertencia a um grupo de dinossauros chamado espinossaurídeos, que costumavam ter grandes garras nos polegares e velas ou espinhos ao longo de suas costas.

HOUVE ALGUM DINOSSAURO ASSASSINO PEQUENO?

Há cerca de 75 milhões de anos, carnívoros enormes, como o Daspletossauro e o Gorgossauro, rondavam as planícies, enquanto predadores pequenos e ligeiros, como o Troodonte e o Estrutiomimo, perseguiam suas presas nas florestas. Junto a eles, no entanto, havia um caçador ainda menor: o *Hesperonychus* foi um dinossauro assassino que tinha o tamanho de um gato doméstico.

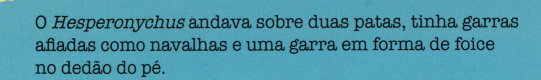

O *Hesperonychus* andava sobre duas patas, tinha garras afiadas como navalhas e uma garra em forma de foice no dedão do pé.

Quem foi o *Hesperonychus*?

Acredita-se que o *Hesperonychus*, que viveu no Cretáceo Superior, era o menor dinossauro predador da América do Norte. Pesando 2 quilos e com 50 centímetros de altura, o *Hesperonychus* parecia uma versão miniatura de seu primo Velociraptor. Mas, ao contrário do Velociraptor, o *Hesperonychus* provavelmente vivia em árvores.

O *Hesperonychus* podia voar?

O *Hesperonychus* era coberto de penas, mas não podia voar como uma ave. Em vez disso, ele deslizava as asas entre os galhos das árvores enquanto procurava comida. Ele era pequeno o suficiente para passar despercebido por muitos dinossauros grandes, mas pode ter sido uma boa refeição para outros. Por isso, mantinha-se longe do chão da floresta. Sua dieta era composta de lagartos, insetos e ovos.

O *Hesperonychus* tinha penas e o corpo esguio, como as aves atuais, mas sua boca era equipada de dentes afiados como lâminas.

5 ATAQUE DE DINOSSAUROS!

TODOS OS DINOSSAUROS LUTAVAM PARA SOBREVIVER?

O mundo Mesozoico era feito de predadores e presas, e cada dinossauro tinha que estar pronto para lutar pela vida. O tamanho tornou-se um grande fator nessa batalha pela sobrevivência. À medida que o tempo foi passando, os saurópodes cresceram em enormes proporções. Em resposta, os terópodes também cresceram, até que os dois tipos ficaram presos em uma guerra evolucionária de tamanho. Onde quer que no mundo houvesse um grande herbívoro, havia um grande carnívoro vivendo ao seu lado. Este mapa mostra onde esses dinossauros viveram em todo o mundo.

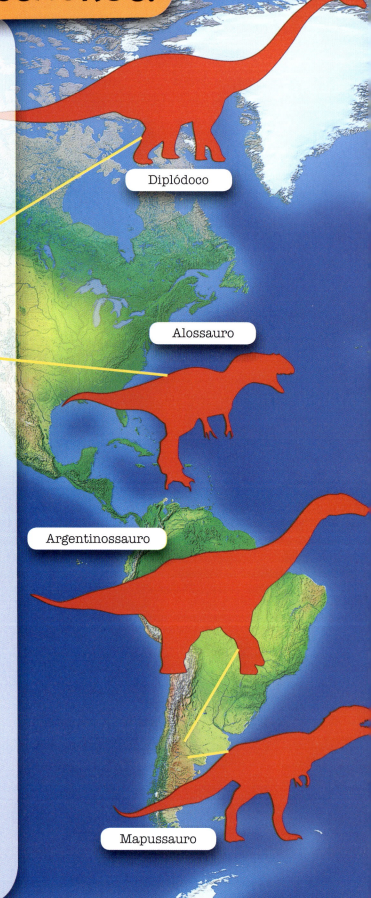

Diplódoco

Alossauro

Argentinossauro

Mapussauro

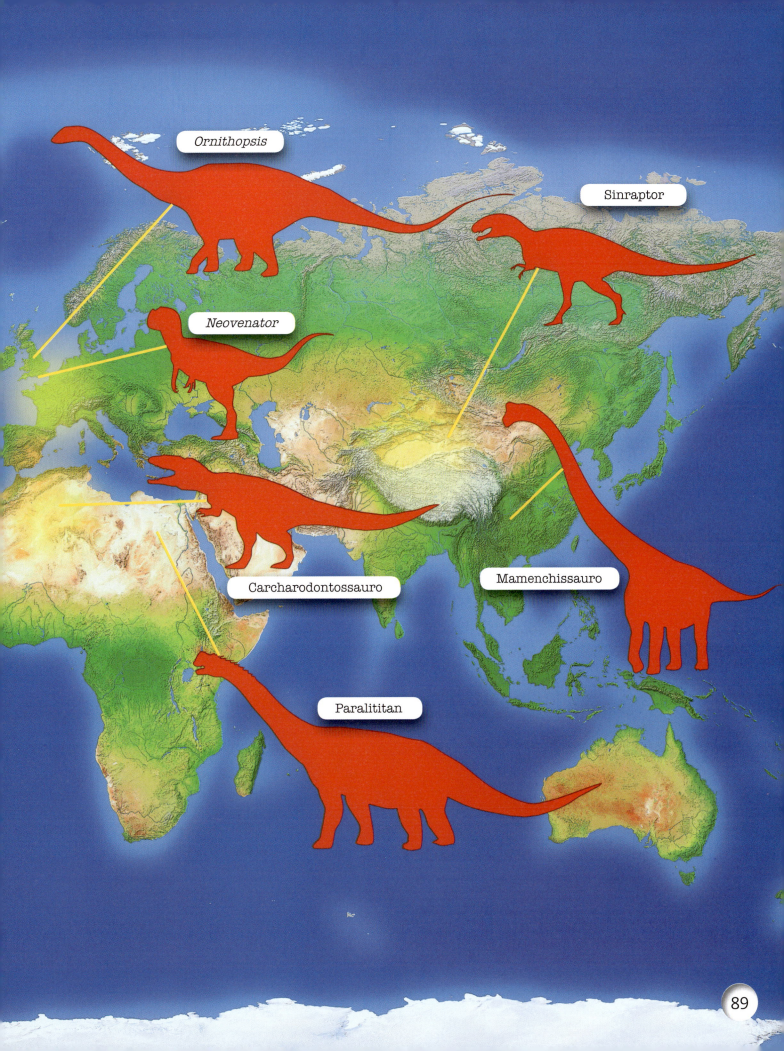

COMO OS DINOSSAUROS HERBÍVOROS SE PROTEGIAM?

O tamanho dos herbívoros era sua melhor defesa contra os carnívoros. Um saurópode pesado, como o Argentinossauro, era grande demais para ser ameaçado por um único predador. Outros herbívoros menores desenvolveram formas próprias para se proteger. Entre elas, espinhos, chifres e grossas placas na pele.

O Gastônia tinha cerca de 4,6 metros de comprimento e pesava até 3.360 quilos.

Como o Gastônia usava seus espinhos?

O Gastônia foi um anquilossauro fortemente protegido. Os espinhos ao longo das costas impediam que inimigos como o Utahraptor saltassem sobre ele e lhe mordessem o pescoço. O Gastônia também podia usar a cauda cheia de espinhos mortais para lutar.

Como o Chasmossauro usava sua franja?

O Chasmossauro foi um dos dinossauros ceratopsianos mais comuns nas planícies da América do Norte. Ele tinha uma grande franja na cabeça, feita de ossos finos e pele, que oferecia pouca proteção. Entretanto, quando o sangue fluía na pele esticada da franja, o Chasmossauro devia assustar seus potenciais inimigos.

O Chasmossauro tinha até 5 metros de comprimento e pesava cerca de 1.995 quilos.

O ESTEGOSSAURO USAVA A CAUDA PARA LUTAR?

Com uma dupla fileira de placas ósseas ao longo das costas e esporões na ponta da cauda, o Estegossauro era facilmente reconhecido. A cauda, com quatro espinhos ósseos, era uma arma essencial na luta contra o maior predador daquela época e seu arqui-inimigo, o Alossauro.

O Estegossauro tinha cerca de 9 metros de comprimento, 2,5 metros de altura e pesava 3.175 quilos.

As placas ósseas das costas protegiam o Estegossauro?

As placas das costas do Estegossauro eram feitas de ossos e pele, e usadas como defesa e exibição. Ao liberar sangue para a pele que as recobria, o Estegossauro enviava um sinal para que o Alossauro não se aproximasse. O osso também devia oferecer proteção junto com as fileiras de placas ao longo do pescoço. Mas é possível que nem sempre tenham funcionado, já que foram descobertos ossos com marcas de mordidas de Alossauro. Mesmo assim, o Estegossauro deve ter dado muito trabalho: um buraco na vértebra de um Alossauro coincidia com um dos espinhos da cauda do Estegossauro. Uma briga bem equilibrada.

O Estegossauro viveu no Jurássico Superior e os fósseis foram encontrados em vários continentes.

OS DINOSSAUROS LUTAVAM COM A CABEÇA?

Para muitos dinossauros herbívoros, a arma básica estava localizada na cabeça. Essas armas incluíam espinhos e chifres no focinho, na face e na franja, como os deste ceratopsiano Estiracossauro. Outro herbívoro chamado Paquicefalossauro pode ter usado a cabeça dura e cheia de ossos para enfrentar os oponentes.

Estiracossauro

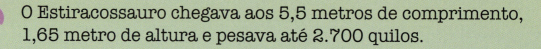

O Estiracossauro chegava aos 5,5 metros de comprimento, 1,65 metro de altura e pesava até 2.700 quilos.

Quantos chifres tinha o Estiracossauro?

O Estiracossauro tinha até nove chifres na cabeça: mais que qualquer outro ceratopsiano! Os pequenos chifres nas bochechas subiam ao encontro dos chifres mais longos da franja. O mais comprido de todos era o chifre do focinho, com 30 centímetros, que deve ter sido mortal contra predadores como o Daspletossauro.

O Paquicefalossauro dava cabeçadas?

Um dos mais estranhos dinossauros já descobertos, o Paquicefalossauro tinha uma espécie de capacete ósseo com 25 centímetros de espessura. Isso levantou a teoria de que ele usava esse "capacete" para atacar seus inimigos. Uma descoberta de 2012 sustentou essa hipótese. O crânio de um Paquicefalossauro foi desenterrado e mostrou danos que provavelmente foram resultado dessas cabeçadas.

O Paquicefalossauro chegou a ter 8 metros de comprimento, 1,80 metro de altura e a pesar 3 toneladas.

ALGUMA LUTA DE DINOSSAURO FOI PRESERVADA?

Em 1971, o esqueleto de um Velociraptor foi encontrado enrolado em volta do esqueleto de um Protocerátopo, preservando uma luta de vida ou morte. No instante em que o Protocerátopo mordeu o braço do Velociraptor e este cortou a garganta do Protocerátopo, uma tempestade de areia veio e enterrou os dois vivos. Essa luta permaneceu congelada no tempo para sempre.

O Protocerátopo tinha 1,80 metro de comprimento, 67 centímetros de altura e pesava 400 quilos.

Algum outro ataque de dinossauro foi congelado no tempo?

Por incrível que pareça, outro fóssil de luta entre esses dois dinossauros foi descoberto em 2008. Desta vez, o esqueleto do Velociraptor estava se alimentando dos ossos do Protocerátopo. Especialistas acreditam que, nesse caso, o Velociraptor estava revirando o corpo já morto de um Protocerátopo, em vez de estar atacando o oponente. Isso se deve às marcas profundas que o Velociraptor deixou no esqueleto do inimigo. Ele até quebrou alguns dentes nos ossos do adversário. Isso indica que o Velociraptor estava tentando raspar os últimos pedaços de carne deixados no osso, o que significa que o predador estava revirando um animal morto.

Protocerátopos defendendo seus ovos

Do tamanho de uma ovelha, o Protocerátopo era um dinossauro asiático comum e presa do Velociraptor.

OS DINOSSAUROS CARNÍVOROS COSTUMAVAM LUTAR?

Como regra, espécies diferentes de grandes dinossauros predadores procuravam se evitar. Cada um dominava seu pedaço e, a menos que a comida ficasse escassa, não valia a pena travar uma luta por território. Mas, ocasionalmente, essas batalhas aconteceram. Temos registros de um embate entre um Espinossauro e um Carcharodontossauro, dois dos maiores predadores que andaram na Terra.

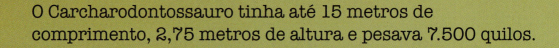

O Carcharodontossauro tinha até 15 metros de comprimento, 2,75 metros de altura e pesava 7.500 quilos.

Quem foi o Carcharodontossauro?

Durante o Cretáceo Superior, o Carcharodontossauro foi o maior caçador terrestre do norte da África. Sua cabeça superava a do T-Rex e ele tinha um bocado de dentes longos, semelhantes a lâminas, como os dos tubarões. Para sobreviver, o Carcharodontossauro precisava comer 60 quilos de carne todo dia. Cada animal defendia um território com mais ou menos 500 km².

Quem foi o Espinossauro?

O Espinossauro foi o maior predador a andar na Terra. Entretanto, diferente do Carcharodontossauro, ele podia caçar na água e na terra. O Espinossauro só procurava presas em terra quando os níveis de água diminuíam ou o fornecimento de peixes acabava. Deve ter sido isso que aconteceu quando um deles se perdeu no território de um Carcharodontossauro, dando início a uma batalha poderosa. Sabemos sobre esse embate por causa do fóssil de uma vértebra de Espinossauro quebrada ao meio pela mordida de um Carcharodontossauro. No entanto, não sabemos qual dos dois venceu a luta.

O Carcharodontossauro, ou "lagarto com dente de tubarão", recebeu esse nome por causa do grande tubarão-branco (*Carcharodon*), devido à semelhança entre seus dentes serrilhados.

O ARGENTINOSSAURO TEVE UM PREDADOR?

O Argentinossauro foi o maior animal terrestre de todos os tempos e é improvável que tenha havido um predador grande o suficiente para caçá-lo. Mas, em 2006, uma descoberta fez os especialistas repensarem o assunto. Foi encontrado um matador de 13 metros de comprimento, capaz de caçar um gigante como o Argentinossauro.

Quem foi o Mapussauro?

O Mapussauro foi o predador que caçou o Argentinossauro. No entanto, ele era pequeno demais para executar sozinho a tarefa. Por isso, vários deles trabalharam em conjunto para atacar o grande saurópode. Um desses grupos foi descoberto em 2006, em um leito de fósseis na América do Sul. Os esqueletos de vários Mapussauros de diferentes idades provaram a teoria de que o matador caçava em bando.

O Mapussauro chegava aos 13 metros de comprimento e pesava 2.995 quilos.

Como o Mapussauro caçava?

Especialistas acreditam que mesmo um bando de Mapussauros não era capaz de derrubar um Argentinossauro adulto. Ao contrário, eles acham que o Mapussauro dava mordidas não letais no corpo do Argentinossauro, deixando-o em pé. Os dentes do Mapussauro, semelhantes a lâminas, eram perfeitamente projetados para cortar pedaços de carne dessa maneira. Ao tratar o corpo do grandalhão como um prato de petiscos, os Mapussauros poderiam, no futuro, voltar para lanchar de novo.

O Mapussauro era parente próximo do Giganotossauro, que também percorreu as planícies da América do Sul.

O TRICERATOPE JÁ LUTOU CONTRA O T-REX?

O Triceratope e o T-Rex foram os dois dinossauros mais poderosos a rondar as planícies e florestas da América do Norte no Cretáceo Superior. A imagem do T-Rex, com as mandíbulas cheias de dentes trituradores de ossos, enfrentando um Triceratope pesado, com a face cheia de chifres, é espetacular e aterrorizante. Mas há poucas evidências de uma batalha entre os dois.

Os chifres do Triceratope eram feitos de osso, diferente dos chifres dos rinocerontes atuais, que são feitos de queratina, o mesmo material do cabelo.

O T-Rex comia Triceratopes?

Fósseis mostram mordidas de T-Rex nos ossos de Triceratopes, mas acredita-se que tenham ocorrido após a morte. Em outras palavras, o T-Rex provavelmente comia a carne de Triceratopes já mortos. E, pior, as lesões mostram que o T-Rex tirava a cabeça do oponente para chegar à carne do pescoço, rica em nutrientes.

Outros fósseis mostram que o T-Rex pode ter se alimentado de jovens Triceratopes, que não teriam chance contra o gigantesco assassino.

OS DINOSSAUROS ERAM CANIBAIS?

Durante o Cretáceo Superior, dois tipos de dinossauros assassinos dominavam a Terra. O Hemisfério Norte era regido pelos tiranossauros, e o Hemisfério Sul, pelos abelissauros. Estes eram tão perigosos e mortais quanto seus parceiros do norte e tinham um hábito perturbador: o canibalismo.

O Majungassauro foi um abelissauro de 9 metros de comprimento, 3,75 metros de altura e 2.100 quilos.

Quem foi o Majungassauro?

O Majungassauro foi um abelissauro comum que deixou vários fósseis para trás. Os ossos desses fósseis revelaram uma série de profundas marcas de mordidas feitas por outros Majungassauros. As marcas mostram que esses dinos não só lutaram entre si, como também comeram a carne dos ossos uns dos outros. É a primeira evidência direta do canibalismo entre dinossauros.

Como o Majungassauro matava?

Os abelissauros tinham o crânio muito menor que o dos tiranossauros e uma maneira diferente de matar suas presas. Em vez de arrancar pedaços das vítimas até que elas morressem, o Majungassauro apertava as mandíbulas cheias de dentes afiados no pescoço das presas. Essa técnica de morder e segurar é semelhante à utilizada pelos leões atuais e era brutalmente eficaz.

Quando não estava atacando seus semelhantes, o Majungassauro se alimentava dos saurópodes de pescoço comprido.

ALGUM DINOSSAURO ERA VENENOSO?

A descoberta do *Sinornithosaurus* foi um momento de reviravolta no estudo dos dinossauros. As penas que cobriam o chamado "raptor penugento" eram quase iguais às das aves atuais. O *Sinornithosaurus* foi um verdadeiro ancestral das aves. Mas não é só isso: seus dentes eram especialmente moldados para injetar veneno em suas presas.

O *Sinornithosaurus* chegava aos 2 metros de comprimento e pesava cerca de 4,5 quilos.

Como eram os dentes do *Sinornithosaurus*?

O *Sinornithosaurus* tinha dentes longos e com um sulco que descia pela superfície. Esse tipo de dente é visto normalmente em animais peçonhentos, como as cobras. Especialistas acreditam que uma glândula de veneno na mandíbula injetava o veneno nos dentes. Quando o *Sinornithosaurus* cravava os dentes em suas vítimas, o veneno as atordoava ou matava.

O *Sinornithosaurus* podia voar?

Embora suas penas fossem similares às das aves atuais, ele não voava da mesma maneira. Em vez de bater as asas para se levantar no ar, o *Sinornithosaurus* as teria utilizado para deslizar entre os galhos das árvores ou pelo chão, para atacar as presas.

O *Sinornithosaurus* viveu nas florestas da China durante o Cretáceo Inferior.

6 DINOSSAUROS RECORDISTAS

POR QUE OS DINOSSAUROS ERAM RECORDISTAS?

Por sua própria natureza, os dinos foram recordistas. Eles dominaram o planeta por dezenas de milhões de anos e, naquela época, estavam entre as maiores, mais compridas e mais letais criaturas que o mundo já conheceu. Mas eles não ficaram famosos só pelo tamanho e pela força: alguns eram inteligentes; outros, estúpidos; e houve os que foram as criaturas mais velozes que existiam.

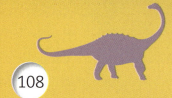

O pescoço do Diplódoco bateu o recorde de pescoço mais longo: 8 metros.

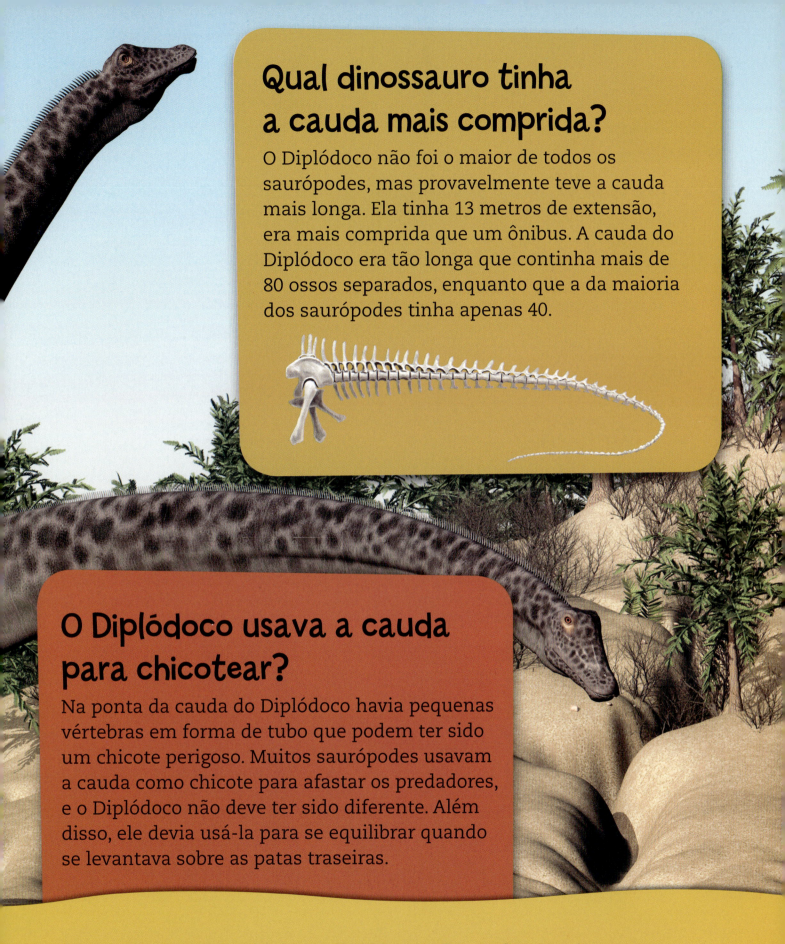

Qual dinossauro tinha a cauda mais comprida?

O Diplódoco não foi o maior de todos os saurópodes, mas provavelmente teve a cauda mais longa. Ela tinha 13 metros de extensão, era mais comprida que um ônibus. A cauda do Diplódoco era tão longa que continha mais de 80 ossos separados, enquanto que a da maioria dos saurópodes tinha apenas 40.

O Diplódoco usava a cauda para chicotear?

Na ponta da cauda do Diplódoco havia pequenas vértebras em forma de tubo que podem ter sido um chicote perigoso. Muitos saurópodes usavam a cauda como chicote para afastar os predadores, e o Diplódoco não deve ter sido diferente. Além disso, ele devia usá-la para se equilibrar quando se levantava sobre as patas traseiras.

Apesar do pescoço comprido, o Diplódoco tinha a cabeça muito pequena: 60 centímetros de comprimento.

QUAL FOI O MAIOR DOS DINOSSAUROS?

O maior dinossauro também foi a maior criatura a andar em terra: o Argentinossauro. Ele tinha metade do comprimento de um Boeing 747, pesava tanto quanto mil homens adultos e era alto o bastante para ser visto nas janelas de um prédio de quatro andares.

O Argentinossauro botava ovos grandes?

Os ovos do Argentinossauro eram do tamanho de bolas de futebol. E o mais impressionante era a quantidade de ovos que ele botava: um enorme depósito de fósseis na Argentina revelou dezenas de milhares de ovos de Argentinossauro. Acredita-se que aquele ponto tenha sido usado como local de nidificação durante milhões de anos, com cada animal colocando centenas de ovos anualmente.

O Argentinossauro viveu na América do Sul durante o Cretáceo Inferior.

O Argentinossauro teve algum grande rival?

Outro saurópode encontrado na Argentina em 2014 tem cacife para rivalizar com o Argentinossauro. Esse titanossauro atingiu os 37 metros de comprimento, pesava 63.502 quilos e tinha 6 metros de altura. Embora isso significasse que o monstro era tão longo quanto três ônibus e mais pesado que 10 elefantes africanos, ele não se equiparou ao Argentinossauro.

Argentinossauro

Fósseis de titanossauro foram encontrados em todos os continentes. Eles são particularmente comuns na Austrália e na América do Sul.

QUAL FOI O MAIOR DINOSSAURO PREDADOR?

O maior carnívoro terrestre já visto na Terra foi o Espinossauro. Esse matador colossal coleciona uma lista pesada de medidas. Ele era tão comprido quanto dois ônibus, mais alto que uma girafa e pesava mais que 30 leões. Seu crânio tinha 2 metros: era mais comprido que o de qualquer dinossauro terópode.

O Espinossauro tinha 18 metros de comprimento, 3 metros de altura e pesava 5.500 quilos.

O Espinossauro nadava?

O Espinossauro não podia nadar, mas era um pescador experiente. Narinas no alto da cabeça e pequenos orifícios sensoriais na ponta do nariz permitiam que o Espinossauro mantivesse o focinho embaixo d'água para detectar suas presas. Dessa maneira, sem sequer vê-los, ele podia pegar peixes com suas garras curvas e suas mandíbulas cheias de dentes em forma de cone.

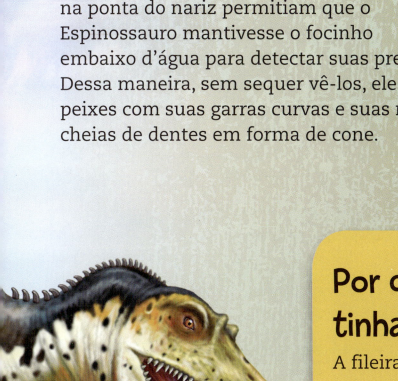

Por que o Espinossauro tinha uma vela?

A fileira de espinhos que se erguiam nas costas do Espinossauro formava uma vela de quase 2 metros de altura. É provável que essa vela coberta de pele tenha agido como uma forma de coletar o calor do Sol, liberando-o sob altas temperaturas. Ela também pode ter sido usada para atrair parceiros.

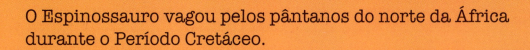

O Espinossauro vagou pelos pântanos do norte da África durante o Período Cretáceo.

QUAL FOI O DINOSSAURO MAIS INTELIGENTE?

Acredita-se que o dinossauro mais inteligente tenha sido o Troodonte. Isso porque, entre os dinos, esse carnívoro é o que tinha o maior cérebro em relação ao tamanho do corpo. Mesmo assim, ele não era um Einstein. Imagina-se que o nível de inteligência dele era semelhante ao das aves atuais.

O Troodonte tinha 2 metros de comprimento e pesava aproximadamente 40 quilos.

O Troodonte podia caçar à noite?

O Troodonte tinha os olhos extremamente grandes, o que lhe permitia enxergar bem em condições de pouca luz. Os Troodontes do Alasca usavam essa visão bem-adaptada para caçar no escuro, algo que não era possível para a maioria dos predadores. Na calada da noite, os Troodontes costumavam mirar em jovens Edmontossauros. Os Troodontes do Alasca se deram tão bem que atingiram o dobro do tamanho dos Troodontes de outras partes do mundo.

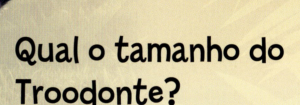

Qual o tamanho do Troodonte?

O Troodonte era do tamanho de um cachorro grande e era rápido. Ele tinha patas compridas e finas, e uma garra grande no dedo do pé, que podia se retrair como a de um gato durante uma corrida. Ele caçava em bando e usou a velocidade e a inteligência para enganar suas presas.

O cérebro do Troodonte era quase do tamanho que o do emu atual. Os emus também têm olhos grandes para o seu tamanho, o que lhes garante uma boa visão.

QUAIS FORAM OS DINOSSAUROS MAIS RÁPIDOS?

Os terópodes de pequeno a médio porte foram os corredores mais rápidos do mundo dos dinossauros. No entanto, calcular a velocidade de corrida é uma tarefa complicada. Para isso, as pegadas deixadas pelos dinos nas trilhas têm que ser medidas em relação aos ossos fossilizados das patas. Com isso, é possível chegar a uma velocidade estimada. O gráfico mostra uma comparação entre os animais atuais e os dinossauros velocistas.

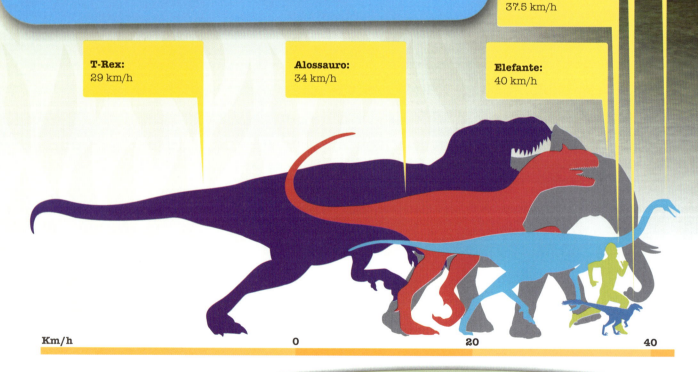

Galimimo: 43 km/h
Velociraptor: 39 km/h
Homem: 37,5 km/h
Elefante: 40 km/h
Alossauro: 34 km/h
T-Rex: 29 km/h

Km/h   0   20   40

A maior velocidade de um homem em uma corrida de 100 metros é de 9,58 segundos, o que, em média, equivale a 37,5 km/h. O homem poderia superar um T-Rex!

O Ornitomimo teria sido capaz de disputar uma corrida de 100 metros em 5,59 segundos. Isso é quase duas vezes mais rápido que o velocista olímpico Usain Bolt.

QUAL DINOSSAURO TINHA O MENOR CÉREBRO?

Com suas características placas nas costas e a cauda pontiaguda, o Estegossauro é um dos herbívoros mais famosos. E foi também um dos mais tolos. Embora pesasse mais que um rinoceronte, ele tinha o cérebro do tamanho de uma noz. Isso é especialmente surpreendente porque sua cabeça era do mesmo tamanho que a cabeça de um cavalo.

Dromeossauros, como o Troodonte, tinham o maior cérebro para o tamanho do corpo.

Os carnívoros tinham cérebros pequenos?

Os dinossauros carnívoros tinham que ser mais inteligentes que os herbívoros que eles caçavam. Houve uma alta taxa de insucesso entre os predadores, então eles tiveram que tentar ser mais espertos que as presas. Por isso, o cérebro de um carnívoro era bem desenvolvido nas regiões do olfato e da visão. Entretanto, os grandes terópodes continuavam com cérebros pequenos. O do Giganotossauro, um dos maiores predadores, era do tamanho de uma banana.

Embora o Estegossauro tenha tido um dos menores cérebros, acredita-se que os grandes saurópodes possam ter sido ainda menos inteligentes.

QUAL FOI O DINOSSAURO MAIS ESTRANHO?

Houve muitos dinossauros estranhos, desde o cabeceador Paquicefalossauro (imagem abaixo) ao despreparado Iguanodonte, que tinha apenas um espinho no dedão que o protegia. Mas talvez o mais estranho de todos tenha sido o Terizinossauro. Ele era um grande terópode com um toque diferente: deixou de comer carne para se tornar vegetariano.

O Terizinossauro chegava aos 10 metros de comprimento e pesava 5 toneladas.

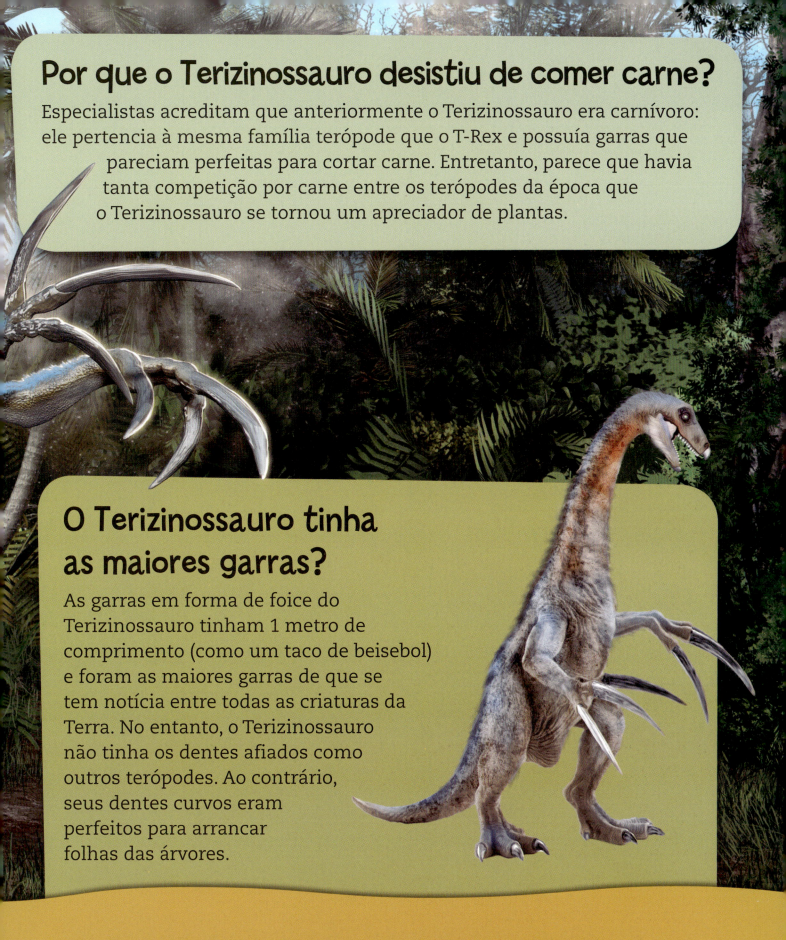

Por que o Terizinossauro desistiu de comer carne?

Especialistas acreditam que anteriormente o Terizinossauro era carnívoro: ele pertencia à mesma família terópode que o T-Rex e possuía garras que pareciam perfeitas para cortar carne. Entretanto, parece que havia tanta competição por carne entre os terópodes da época que o Terizinossauro se tornou um apreciador de plantas.

O Terizinossauro tinha as maiores garras?

As garras em forma de foice do Terizinossauro tinham 1 metro de comprimento (como um taco de beisebol) e foram as maiores garras de que se tem notícia entre todas as criaturas da Terra. No entanto, o Terizinossauro não tinha os dentes afiados como outros terópodes. Ao contrário, seus dentes curvos eram perfeitos para arrancar folhas das árvores.

Quando foi descoberto, o Terizinossauro confundiu os paleontólogos. Inicialmente, acreditava-se que se tratava de uma grande tartaruga, já que suas garras eram consideradas nadadeiras gigantes.

QUAIS FORAM OS MENORES DINOSSAUROS?

Um grande número de pequenos dinossauros surgiu e se foi durante a Era Mesozoica. Sempre que os cientistas acham que descobriram o menor dinossauro de todos os tempos, outro ainda menor é encontrado. Uma coisa é certa: os dinos mostrados aqui são os menores que conhecemos.

Microraptor
Este matador era do tamanho de um corvo: tinha 80 centímetros de comprimento e pesava 2 quilos. Ele viveu na China durante o Cretáceo Inferior.

Os primeiros vertebrados que desenvolveram um voo de verdade foram os pterossauros, mas depois eles dividiram os céus com o Microraptor e os primeiros pássaros.

Anchiornis

Este dinossauro emplumado, do tamanho de um gatinho, tinha 34 centímetros de comprimento. Ele viveu na China durante o Período Jurássico e, com apenas 110 gramas, é o dinossauro mais leve já descoberto.

Compsognato

Este terópode do tamanho de uma galinha tinha mais ou menos 65 centímetros de comprimento e pesava 3,6 quilos. Ele perseguia suas presas na Europa, durante o Jurássico Superior.

Hesperonychus

Este predador do Cretáceo Superior tinha o tamanho de um pombo. Viveu na América do Norte, com 50 centímetros de comprimento e 2 quilos.

Os pterossauros eram de diversos tamanhos e alguns, como o Quetzalcoatlus, se tornaram as maiores criaturas voadoras de todos os tempos.

QUAL DINOSSAURO TINHA A MAIOR CABEÇA?

Os dinossauros com as maiores cabeças eram os herbívoros com chifres e franjas, conhecidos como ceratopsianos. A cabeça desses gigantes era tão grande que, às vezes, correspondia a 40% do comprimento total do corpo. O prêmio de maior cabeça de todos os tempos vai para dois primos ceratopsianos: o Torossauro e o Pentaceratops.

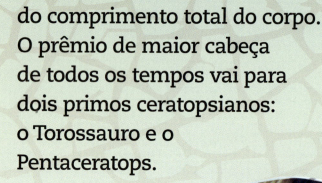

Acredita-se que as franjas do Pentaceratops e do Torossauro eram bastante escuras e eles as usavam para se exibir.

Qual o tamanho da cabeça do Torossauro?

O Torossauro era parente do Triceratope, também com franja e chifres. O comprimento da cabeça do Torossauro, incluindo a franja, era de 2,77 metros, o mesmo que um carro pequeno! Imagina-se que o crânio do Torossauro tenha sido o mais comprido entre todos os animais que já viveram na Terra.

Qual o tamanho da cabeça do Pentaceratops?

O Pentaceratops era um primo do Torossauro que viveu um pouco antes, no Cretáceo Superior. Mas havia uma pequena diferença entre o crânio dos dois: a cabeça do Pentaceratops era ligeiramente menor, com 2,75 metros de comprimento.

As franjas do Pentaceratops e do Torossauro eram formadas por ossos finos com duas grandes aberturas no meio e, por isso, não devem ter sido usadas para protegê-los.

QUAL FOI O MAIOR DINOSSAURO COM PENAS?

Os ossos do maior dinossauro emplumado foram encontrados acidentalmente em 2005. Os paleontólogos estavam na China fazendo um filme sobre ossos dos saurópodes quando encontraram um osso misterioso enterrado entre eles. Era o de uma pata de um Gigantoraptor: a maior criatura com penas que já andou sobre a Terra.

O Gigantoraptor tinha um bico como boca. Imagina-se que ele se alimentava de plantas, insetos e pequenos mamíferos, mas ninguém tem certeza.

Qual o tamanho do Gigantoraptor?

Com cerca de 2.200 quilos, o Gigantoraptor pesava mais que 14 avestruzes, que, hoje, é a maior criatura emplumada. O Gigantoraptor tinha também 8 metros de comprimento, o que significa ser 35 vezes maior que seu primo oviraptor mais próximo e não muito menor que um T-Rex. Como outros oviraptores, o Gigantoraptor tinha grandes garras mortais nos pés e podia facilmente ultrapassar a maioria dos predadores terópodes. O Gigantoraptor tinha asas, mas as agitava só para se exibir. Ele também botou alguns dos maiores ovos de dinossauro já vistos.

Houve outros grandes dinossauros com penas?

Entre outros grandes dinossauros com penas estava o Beipiaossauro. Ao ser descoberto, em 1999, ele era o maior dino emplumado, mas, com 2,2 metros de comprimento, foi ofuscado pelo Gigantoraptor.

Em aparência, o Gigantoraptor era similar a outro estranho terópode: o Terizinossauro.

ÍNDICE

A
abelissauro 104-105
Albertossauro 28
Alossauro 22, 68, 76-77, 88, 92-93, 116
amonite 12
Anchiornis 123
Anquilossauro 39, 58-59
anquilossauro 91
arcossauro 16-17
Argentinossauro 40, 48, 50-51, 55-57, 88, 90, 100-101, 110-111
ave 16, 20-21, 26-27, 30-31, 40-41, 83, 87, 106-107, 122

B
Barionix 84-85
Beipiaossauro 127
Braquiossauro 21, 50-51, 67

C
Carcharodontossauro 57, 89, 98-99
Carnotauro 71
Caudipteryx 27
Centrossauro 28-29
ceratopsiano 28, 91, 94-95, 124
cérebro 45, 49, 52, 58, 63, 70, 72, 74, 114-115, 118-119
Chasmossauro 28, 91
Compsognato 83, 117, 123
coprólito 10-11
Cretáceo 4, 8, 14, 22-23, 28-29, 34, 49, 50, 57, 59, 61-62, 69, 71, 81, 87, 99, 102, 104, 107, 110, 113, 122-123, 125
Criolofossauro 70
crocodilo 16, 24, 34, 65, 85

D
Dakosaurus 34
Daspletossauro 80-81, 86, 95
Deinonico 72-75
Diplódoco 29, 41, 49, 52-53, 55, 88, 108-109
Dromeossauro 74-75, 79, 118

E
Edmontossauro 8, 115
Elasmossauro 34-35
Eoraptor 18, 74
espinossaurídeos 85
Espinossauro 98-99, 112-113
Estegossauro 22, 29, 77, 92-93, 118-119
Estiracossauro 28, 94-95
Estrutiomimo 37, 86
Euparkeria 16-17
extinção 22, 24-27, 49

G
Galimimo 37, 116
Gastônia 90-91
gastrólito 55
Giganotossauro 56-57, 67, 101, 119
Gigantoraptor 126-127
Gorgossauro 81, 86

H
Hadrossauro 38-39
hadrossauro 16, 45, 69
Hesperonychus 74, 86-87, 123
Heterodontossauro 20-21

I
Ictiossauro 34
Iguanodonte 14-15, 21, 85, 120

J
Jurássico 4, 22-23, 49, 51, 54, 76, 93, 111, 123

K
Kentrossauro 7
Kritossauro 29
Kronossauro 35

M
Maiassaura 41-42
Majungassauro 104-105
Mamenchissauro 54, 89
mamífero 30-31, 82, 126
Mapussauro 88, 100-101
Megaraptor 70-71
Mesozoico 4, 16, 22, 68, 88, 122
Microraptor 74, 122

N
Nemegtossauro 49
Neovenator 89

O
Ornithopsis 89
ornitisquiano 16, 20-21
Ornitomimo 82-83
Oviraptor 40-42, 74, 127
ovos 40-41, 87, 97, 110, 127

P
Pangeia 4, 6, 23
Paquicefalossauro 16, 94-95, 120
Paralititan 89
Parassaurolofo 25, 44-45
pegadas 10-13, 43, 66, 86, 116
pele 9, 13, 32, 46-47, 90-91, 93, 113
penas 9, 27, 32, 44, 47, 63, 79, 83, 87, 106-107, 123, 126-127
Pentaceratops 124-125
Plateossauro 19

plesiossauro 35
pliossauro 35
Protocerátopo 40, 96-97
Pterodáctilo 33
pterossauro 16, 32-34, 122-123

Q
Quetzalcoatlus 33, 123

R
Ranforrinco 32
Rapetosaurus 49
raptor 72-74, 79, 106

S
Saltassauro 42
saurisquiano 16, 20-21
Saurolofo 69
saurópode 16, 38-39, 42-43, 48-49, 51, 53-55, 66, 77, 86, 91, 100, 105, 109-111, 126
Saurornithoides 69
Sinornithosaurus 106-107
Sinosauropteryx 46
Sinraptor 77, 89

T
Tarbossauro 36-37, 68-69
Tenontossauro 73
Terizinossauro 120-121, 127
terópode 16, 36-37, 70, 82-83, 112, 116, 119-121, 123, 127
tiranossauro 58, 62, 81, 104-105
Tiranossauro rex 8-9, 20, 29, 57, 60, 62-65, 67-69, 80, 99, 102-103, 116, 121, 127
Torossauro 124-125
Triássico 4, 16, 18-19, 22-23
Triceratope 8, 38-39, 60-61, 102-103, 125
Troodonte 29, 86, 114-115, 118
tubarão 26, 35, 99

U
Utahraptor 74-75, 91

V
Velociraptor 67, 74, 78-79, 87, 96-97, 116

Y
Yangchuanossauro 77